Titre original: Final Affair
Copyright © 2011 Tina Folsom
Édité par Anne-Lise Pellat et Vanessa Merly

© Tina Folsom 2025, pour la présente traduction

Photo de l'Auteure : Marti Corn Photography

DU MÊME AUTEUR

Les Vampires Scanguards

La belle mortelle de Samson (#1)

La provocatrice d'Amaury (#2)

La partenaire de Gabriel (#3)

L'enchantement d'Yvette (#4)

La rédemption de Zane (#5)

L'éternel amour de Quinn (#6)

Les désirs d'Oliver (#7)

Le choix de Thomas (#8)

Discrète morsure (#8 ½)

L'identité de Cain (#9)

Le retour de Luther (#10)

La promesse de Blake (#11)

Fatidiques Retrouvailles (#11 ½)

L'espoir de John (#12)

La tempête de Ryder (#13)

La conquête de Damian (#14)

Le défi de Grayson (#15)

L'amour interdit d'Isabelle (#16)

La passion de Cooper (#17)

Le courage de Vanessa (#18)

La séduction de Patrick (#19)

Ardent désir (Nouvelle)

Les Gardiens de la Nuit

Amant Révélé (#1)

Maître Affranchi (#2)

Guerrier Bouleversé (#3)

Gardien Rebelle (#4)

Immortel Dévoilé (#5)

Protecteur Sans Égal (#6)

Démon Libéré (#7)

Les Vampires de Venise

Nouvelle 1 : Raphael & Isabella

Nouvelle 2 : Dante & Viola

Nouvelle 3 : Lorenzo & Bianca

Nouvelle 4 : Nico & Oriana

Nouvelle 5 : Marcello & Jane

Hors de l'Olympe

Une Touche de Grec (#1)

Un Parfum de Grec (#2)

Un Goût de Grec (#3)

Un Souffle de Grec (#4)

Nom de Code Stargate

Ace en Fuite (#1)

Fox en Vue (#2)

Yankee dans le Vent (#3)

Tiger à l'Affût (#4)

Hawk en Chasse (#5)

La Quête du Temps

Changement de Sort (#1)

Présage du Destin (#2)

Thriller

Témoin Oculaire

Le club des éternels célibataires

L'escort attitrée (#1)

L'amante attitrée (#2)

L'épouse attitrée (#3)

Une folle nuit (#4)

Une simple erreur (#5)

Une Touche de feu (#6)

DANTE & VIOLA

LES VAMPIRES DE VENISE - TOME 2

TINA FOLSOM

1

Venise, Italie — début des années 1800

Dans un premier temps, elle avait pensé que son médecin avait fait une erreur.

Trois mois, le médecin ne lui avait donné que trois mois à vivre. Les deux derniers mois, elle serait probablement clouée au lit par une douleur lancinante.

Ce n'était pas possible.

Quelques jours auparavant, sa gouvernante l'avait avertie que, malgré son joli visage et sa silhouette gracieuse, son franc-parler et ses idées farfelues faisaient fuir les maris potentiels. Viola ne s'en était pas souciée. Elle s'était dit que, si un prétendant ne pouvait pas lui tenir tête, elle préférait ne pas se marier du tout. De plus, elle avait à peine vingt et un ans, et, bien que sa nature impétueuse la laisse encore sur la touche en ce qui concerne les perspectives de mariage, elle avait toute la vie devant elle. C'était ce qu'elle avait pensé.

Trois mois, ce n'était pas une vie.

Pourtant, malgré sa tumeur au cerveau, elle avait l'intention d'en profiter au maximum.

Elle avait d'abord pensé prouver que son médecin avait tort. Elle s'était déjà rendue en Suisse, en pleine nuit et sans chaperon, et avait consulté un autre expert. Mais la réponse restait la même : elle était mourante.

C'est pourquoi elle était venue à Venise. Non pas pour lui prouver qu'il avait tort, mais pour vivre.

Elle n'avait pas dit à sa famille où elle allait, car ils l'en auraient empêchée. Ils l'auraient traitée de folle et d'éhontée. Mais elle ne laisserait personne l'arrêter. Viola avait accepté de mourir, mais il y avait une chose qu'elle voulait vivre avant de quitter ce monde.

Elle refusait de mourir vierge.

Cependant, elle était aussi pragmatique : un scandale ne servirait pas sa famille. Il faudrait déjà camoufler sa disparition soudaine, ce que sa mère était tout à fait capable de faire. Elle se contenterait de faire savoir à tout le monde que Viola séjournait à la campagne pour s'occuper d'une parente âgée. Il y avait l'embarras du choix.

Viola avait décidé de partir là où personne ne la connaissait ni ne connaissait ses proches, là où son comportement scandaleux n'aurait aucune répercussion sur ses parents. Elle leur avait envoyé une lettre de Suisse, leur annonçant que son état de santé s'était aggravé et qu'elle était clouée sur un lit d'hôpital. Elle leur avait également dit en termes très clairs qu'elle voulait qu'on la laisse tranquille et qu'on se souvienne d'elle telle qu'elle était avant le début de sa maladie.

Elle avait menacé de créer un scandale à Florence si sa volonté n'était pas respectée. Sa menace permettrait à sa mère de se conformer à ses souhaits et d'inciter son père à ne pas tenter de la retrouver. En outre, sa mère était probablement heureuse d'être débarrassée d'elle. Après tout, Viola n'avait jamais été à la hauteur de ses attentes. En rejetant le premier — et le seul — prétendant qui avait osé lui faire la cour, Viola avait anéanti toute la bienveillance que sa mère avait pu éprouver à son égard.

Viola s'était arrangée pour que ses parents reçoivent une lettre dans trois mois, indiquant que leur fille s'était éteinte paisiblement. Bien sûr, ce serait un mensonge, car elle mettrait fin à ses jours bien plus tôt. Une fois qu'elle aurait accompli ce pour quoi elle était venue à Venise.

Une fois qu'elle ne serait plus vierge, elle prendrait le pistolet qu'elle portait dans son sac et mettrait fin à ses jours avant que la douleur ne l'affaiblisse. Elle n'avait pas l'intention de souffrir d'une mort lente et douloureuse.

Viola passa une main sur ses jupes et redressa sa cape. Inspirant à pleins poumons, elle poussa la lourde porte de chêne.

L'endroit où elle entrait était une sorte de club. D'après ses informations, les hommes à la recherche de femmes fréquentaient cet établissement étonnamment propre. Bien qu'il ne s'agisse pas d'un bordel, la plupart des femmes qui rejoignaient les hommes au club pour rechercher des plaisirs charnels le faisaient pour de l'argent. Cependant, l'homme qui l'avait guidée jusqu'à ce club lui avait assuré qu'à l'occasion, des femmes de la haute société s'y retrouvaient, à la recherche de distractions que leurs respectables maris n'étaient pas disposés à leur offrir.

Elle espérait que son contact avait raison et que l'histoire qu'elle avait répétée serait crédible. La dernière chose qu'elle voulait faire était d'attirer l'attention sur elle. Il était déjà difficile de surmonter la gêne qu'elle éprouvait à aborder un inconnu et à lui demander de coucher avec elle. Se faire renvoyer sans avoir atteint son but serait encore pire. Car il y avait une règle à laquelle les hommes du club tenaient malgré leur débauche : personne ne devait coucher avec une vierge.

L'endroit sentait le cigare, l'alcool et le parfum. Viola prit une légère inspiration et laissa la porte se refermer derrière elle. Un épais rideau de velours bordeaux séparait le foyer des pièces principales situées à l'arrière. La musique et les rires parvenaient jusqu'à elle. Elle fit un pas en avant lorsqu'une main posée sur son bras la retint.

Son souffle se bloqua dans sa gorge et elle pencha la tête sur le côté.

— Il y a une taxe, Madame, dit la femme de forte corpulence à la robe richement brodée.

Ses seins débordaient de sa robe décolletée et les grosses boules autour de son cou étincelaient à la lumière des bougies.

— Bien sûr, répondit Viola en fouillant dans son sac à main pour en extraire une pièce.

L'homme qui lui avait parlé du club l'avait préparée à cela. Il ne fallait pas qu'elle se comporte comme une innocente qui n'avait jamais fait cela auparavant. Cela ne ferait qu'éveiller les soupçons.

L'hôtesse prit la pièce et la fit disparaître dans les plis de sa robe.
— Très bien.
Un instant plus tard, elle écarta le rideau et permit à Viola de passer.

La pièce était plus grande que ce à quoi elle s'attendait. En fait, elle était aussi grande que la salle de bal de ses parents. Sur les côtés, des cabines avaient été construites pour offrir un semblant d'intimité à ceux qui le souhaitaient, mais au milieu, les fauteuils et les canapés, ainsi que leurs occupants, étaient bien visibles. Des grands lustres avec des bougies flamboyantes fournissaient la lumière, et un petit quatuor à cordes assurait l'ambiance.

Des serviteurs circulaient pour approvisionner les invités en boissons et, vu l'état de certains d'entre eux, il était clair que l'alcool coulait à flots. Des hommes se prélassaient sur des canapés, certains habillés et parfaitement respectables, d'autres avec leur cravate desserrée et leur poitrine partiellement exposée. Les femmes étaient drapées sur les corps des hommes dans des poses plus qu'indécentes.

Son informateur ne lui avait-il pas dit qu'il ne s'agissait pas d'un bordel ? Viola sentit les battements de son cœur s'accélérer. Elle ne ressemblait en rien aux femmes qu'elle voyait dans cet endroit. Elles ne semblaient pas se soucier de la pudeur ou de l'intimité. Ce n'était pas ce à quoi elle s'attendait. Son contact l'avait peut-être mal comprise. Elle avait cherché un endroit pour trouver un homme qui l'allongerait dans l'intimité d'une chambre à coucher et lui permettrait d'expérimenter ce que c'était que de sentir le corps d'un homme uni au sien.

C'était une erreur. Viola recula d'un pas et se heurta à quelque chose de solide derrière elle. Elle pivota.

— Ciao, bella, lui dit le bel inconnu en lui jetant un coup d'œil appréciateur.

Viola déglutit, incapable de répondre, le pouls de son cou battant si frénétiquement qu'elle était sûre que sa veine allait éclater et inonder l'homme de son sang.

Son silence ne sembla pas le déranger.
— Je vois que vous êtes nouvelle ici.

Sa main remonta et suivit le long de la couture de son décolleté. Viola sursauta devant son audace et recula.

— Je suis Salvatore. Et je serais heureux de passer la soirée avec vous.

Elle reprit son souffle et lui jeta un coup d'œil évaluateur. Il était légèrement plus grand que la moyenne des hommes. Bien habillé dans son costume sombre et sa cravate à la mode, même sa mère n'aurait pas d'objection à ce qu'il vienne lui faire la cour. Mais il n'était pas là pour lui faire la cour. Elle ne le voulait pas non plus.

Tout ce qu'elle voulait, c'était batifoler. Était-il l'homme qu'il lui fallait ? Ces mains élégantes la caresseraient-elles et lui donneraient-elles l'impression d'être une vraie femme, ou leur contact la laisserait-il indifférente ? Les battements de son cœur étaient-ils le signe de son intérêt pour lui ou lui disaient-ils simplement qu'elle avait peur de mettre son plan à exécution ?

Elle n'en était pas sûre. Mais si elle restait là sans prendre de décision, elle n'atteindrait jamais le but qu'elle s'était fixé.

Viola rassembla son courage et se força à sourire en repoussant ses doutes naissants.

— Ce serait charmant.

2

Dante était furieux en voyant les bleus sur le visage de Benedetta.

— Combien de fois t'ai-je dit de ne pas aller dans ce club ?

Certes, ce n'était qu'une fille qui vendait les sculptures de son père dans la rue, et il ne la connaissait que très vaguement, mais il se sentait protecteur envers elle. Elle était pauvre et si jeune. Chaque fois qu'il passait devant son stand, il se sentait obligé d'acheter l'une des effroyables sculptures de son père.

— Je suis désolée, gémit la jeune fille, dont la lèvre fendue rendait l'élocution difficile. Mais les affaires ont été si mauvaises ce mois-ci. Nous avions besoin d'argent.

— Qui a fait ça ?

Benedetta détourna le regard, mais Dante lui prit le menton et l'obligea à soutenir son regard. Elle grimaça.

— Je t'ai demandé qui avait fait ça.

— Salvatore.

— Putain ! s'écria Dante en passant sa main dans ses cheveux noirs. Tu n'as donc aucun sens de l'instinct de conservation ? De toutes les personnes, il fallait que tu laisses Salvatore te toucher ?

Il ne connaissait pas personnellement l'homme, mais il savait qu'il n'était pas une compagnie convenable pour Benedetta.

Elle ferma ses yeux gonflés.

— Il était le seul à vouloir payer.

— Bon sang, ma fille. Si tu étais ma fille, je t'enfermerais à la maison pour ta stupidité. Aucune femme saine d'esprit ne laisserait Salvatore la toucher. Pourquoi penses-tu qu'il était prêt à payer pour cela ? Tout le monde connaît sa réputation. Il aime battre les femmes.

Les larmes coulèrent sur le visage de Benedetta. Dante sortit un mouchoir et lui tapota le visage.

— Merci.

— Rentre chez toi. J'achèterai toutes les sculptures qu'il te reste pour ce soir.

Dante jeta un coup d'œil à son chariot. Ce soir, les figurines de bois qu'elle vendait étaient particulièrement laides. Elles serviraient de bois de chauffage dans sa maison, comme toutes les autres avant elles.

Son visage s'illumina.

— Oh, merci beaucoup, Monsieur di Santori. Vous êtes si gentil.

Gentil ? Ce n'était pas un adjectif dont il était souvent gratifié. Aucun vampire n'était gentil, encore moins lui, mais, si Dante détestait une chose, c'étaient bien les hommes qui battaient les femmes, car il les aimait sous toutes leurs formes. Surtout quand elles jouaient dans son lit.

Il les aimait encore plus lorsqu'il s'en nourrissait.

Le sang d'une femme était plus riche que celui d'un homme. Et il était encore plus enivrant lorsqu'il se nourrissait d'une femme pendant qu'il la baisait jusqu'à l'oubli. En fait, c'était sa façon préférée de dîner. Il n'y avait rien de gentil ou de civilisé là-dedans. En fin de compte, il n'était pas tellement meilleur que Salvatore — un simple humain — mais il s'interdisait de faire du mal aux femmes.

En fait, il vivait pour leur donner du plaisir.

Sa morsure était indolore et son pouvoir de suggestion lui permettait de dissimuler ce qu'il faisait. Après une nuit dans ses bras, les femmes avec qui il couchait ne se souvenaient plus de l'homme passionné qui les avait conduites à l'extase ni du vampire sanguinaire et insatiable qui s'était gorgé de leur cou.

La colère de Dante ne s'était pas calmée lorsqu'il atteignit le club où Salvatore passait habituellement ses soirées. Il arriva avec l'envie de se battre. Un vrai combat, pas celui où il utiliserait ses pouvoirs supérieurs de vampire pour écraser l'humain. Il avait envie d'une bagarre où il utiliserait ses poings pour frapper cet homme.

Il pénétra dans le club, ignorant la demande de l'hôtesse de payer la redevance. Il ne resterait que le temps de trouver Salvatore, de le tabasser et de l'amocher bien plus qu'il n'avait amoché Benedetta.

L'entrée de Dante et les plaintes furieuses de l'hôtesse derrière lui firent tourner plusieurs têtes dans sa direction. Il les ignora et se contenta de scruter la salle. Il ne tarda pas à apercevoir Salvatore dans l'une des cabines qui bordaient la salle. Et Salvatore n'était pas seul. Il travaillait déjà sur sa prochaine victime sans méfiance.

Dante ne prêta aucune attention aux regards des autres invités et se dirigea droit vers Salvatore, avant de s'arrêter à quelques pas de lui. L'homme avait la main sur les jupes de la femme et la tête près de son oreille, lui murmurant sans doute de doux mensonges. Dante se racla bruyamment la gorge.

Sans lever les yeux, Salvatore tenta de l'écarter.

— Je suis occupé.

Dante serra la mâchoire.

— Nous n'en aurons pas pour longtemps.

La femme tourna la tête vers lui, les yeux écarquillés de peur. Elle avait clairement entendu la menace dans sa voix. Dante l'ignora et saisit le poignet de Salvatore, l'arrachant des jupes de la femme et le tirant vers le haut. Surpris, Salvatore le regarda.

— Qu'est-ce que c'est que ce bordel ? demanda Salvatore en plissant les yeux. Allez vous chercher une autre femme. Celle-ci est à moi.

— Votre putain ne m'intéresse pas. C'est vous qui m'intéressez.

Salvatore essaya de se dégager de l'emprise que Dante avait sur son poignet, mais n'y parvint pas.

— Laissez-moi tranquille, pédéraste, ou je vous casse la gueule.

— Vous voulez dire, de la même façon que vous avez cassé celle de Benedetta ?

Au nom de Benedetta, un éclair de peur traversa son visage. Il savait qu'il était découvert, mais il fanfaronna encore.

— Ça ne vous regarde pas.

— C'est une amie. Donc, ça me regarde.

Dante lâcha le poignet de l'homme et s'élança. Son poing s'abattit sur le visage de Salvatore et lui fit tourner sa tête.

Des souffles de surprise collectifs parcoururent les invités rassemblés. En arrière-plan, Dante entendit la voix stridente de l'hôtesse.

— Messieurs, allez régler votre désaccord à l'extérieur.

Mais il était trop tard pour cela. Salvatore s'était remis du premier coup, et balançait maintenant son poing sur Dante, lui effleurant le menton. Dante se mit à rire.

— C'est tout ce que vous avez ?

L'humain était faible. C'était à peine si l'on pouvait s'amuser. Pas étonnant que ce connard aimait frapper les femmes, puisqu'il n'était pas de taille à affronter les hommes.

Dante envoya son poing dans l'estomac de Salvatore et le fit se retourner.

— La prochaine fois que vous déciderez de frapper une femme, vous y réfléchirez à deux fois.

Dante se retourna après avoir asséné un uppercut au menton de Salvatore. Avant qu'il ne puisse s'éloigner, l'homme lui sauta dessus, le plaquant au sol.

Dante se réjouit dans son for intérieur. Enfin, ce crétin se défendait, ce qui rendait la situation un peu plus intéressante. Avec un mouvement de coude vers l'arrière, Dante lui donna un coup dans les côtes, puis roula en projetant Salvatore sur le dos. En quelques secondes, ils se portèrent coup sur coup. Dante ne ressentait guère la douleur, mais l'humain grimaçait à chaque coup de poing qu'il recevait.

— Arrêtez ! Arrêtez de le battre ! dit une voix de femme derrière lui.

Retenant sa victime d'un bras en travers de son cou, Dante se tourna vers la femme avec laquelle Salvatore était en tête-à-tête. Elle se tenait au-dessus de lui, les poings sur les hanches, la mine renfrognée.

— Madame, vous feriez mieux de ne pas vous en mêler.

— Je ne vous laisserai pas battre mon compagnon.

— Vous préférez qu'il *vous* batte comme il l'a fait avec la dernière femme qu'il a baisée ?

Elle rougit en entendant ces mots crus. Il lui jeta un autre coup d'œil. Maintenant qu'il l'observait attentivement, il remarqua quelque chose d'étrange chez elle. Elle n'avait rien à faire ici. Elle n'était pas le genre de femme à fréquenter ce genre de club. Ses manières semblaient raffinées, ses vêtements sobres, mais coûteux. Son visage était frais et innocent, ses cheveux retenus en un chignon serré sur la nuque, sans qu'aucune mèche ne vienne encadrer ses traits élégants.

Il respira son arôme. Oui, elle sentait l'innocence et la bonté. Mais il y avait quelque chose d'autre, quelque chose d'étranger qui semblait troubler son riche parfum. Et cela lui donnait envie de la protéger. Et de la garder près de lui.

Dante tenta de se débarrasser de cette étrange sensation tandis que son regard s'attardait encore quelques secondes sur le visage de la jeune femme. Le plus frappant chez elle, c'était ses yeux. Leur couleur verte, combinée à sa peau de porcelaine et à ses lèvres rouges, faisait d'elle un tableau séduisant. Que faisait une telle femme dans un tel enfer ?

— Vous devriez partir, lui conseilla-t-il, et il se tourna à nouveau vers Salvatore.

D'un dernier coup, il l'assomma. Alors qu'il se relevait, l'hôtesse lui barra la route.

— Monsieur, je ne tolère pas ce genre de comportement dans mon...

— Je m'en vais, déclara Dante en levant la main.

Il quitta le club à grandes enjambées et plongea dans l'air frais de la nuit.

3

Viola fixa l'hôtesse.
— Mais vous ne pouvez pas me jeter dehors ! Je n'ai rien à voir avec ça.
L'hôtesse remit la pièce de monnaie dans sa main et lui montra la porte.
— Dehors.
Réprimant ses larmes de désespoir, elle sortit en serrant sa cape autour d'elle. Si ce terrible homme n'avait pas battu son compagnon et ne l'avait pas assommé, elle aurait perdu sa virginité ce soir. Et maintenant ? Elle était revenue au point de départ. Et pire encore : elle était bannie du club. C'était le seul endroit qu'elle connaissait où elle pouvait trouver ce qu'elle voulait. Où irait-elle maintenant ?
Viola laissa échapper un soupir de frustration et releva la tête. Son regard se posa sur l'homme qui avait déclenché la bagarre. Il était à quelques mètres de là, en train d'arranger sa cravate. Avant de perdre courage, elle s'approcha de lui.
— Vous avez une chose terrible.
Il lui lança un regard déconcerté.
— Vous devriez me remercier, pas me harceler.
— Vous remercier ? J'ai été expulsée du club à cause de vous.

— Comme je l'ai dit, vous devriez en être reconnaissante. Votre place n'est pas là. Vous êtes une innocente.

La colère monta en Viola.

— Je ne suis pas une innocente, mentit-elle. Je suis veuve et je suis ici pour trouver quelques plaisirs.

C'était le même mensonge qu'elle avait donné à Salvatore, même s'il n'avait pas remis en cause ses motivations.

L'homme haussa un sourcil et leva un côté de sa bouche en se moquant d'elle.

— À présent, vous avez détruit mes chances d'être avec un homme ce soir.

L'homme s'approcha d'un pas, son corps touchant presque le sien.

— Et vous, écoutez-moi bien, femme. L'homme avec qui vous vouliez être ce soir bat les femmes avec qu'il couche, répondit-il à voix basse. Cela fait partie de ce qui le fait jouir. Il est violent et il aime voir les femmes souffrir. C'est ce que vous recherchiez ?

Instinctivement, Viola recula d'un pas.

L'étranger disait-il la vérité ? L'avait-il vraiment sauvée des coups ? Elle chassa cette pensée. Non, les deux hommes s'étaient probablement déjà disputés.

— Peu importe. Maintenant, je dois aller ailleurs pour trouver ce dont j'ai besoin.

— Vous êtes folle ? Vous n'avez pas entendu ce que je viens de dire ?

— Je vous ai bien entendu. À présent, pourriez-vous m'indiquer où je pourrais trouver un autre endroit comme celui-ci ? Vous me le devez bien, déclara-telle d'un air de défi en attendant sa réponse.

L'étranger secoua la tête.

— Je ne ferai rien de tel. Rentrez chez vous et réjouissez-vous de ne pas avoir été blessée ce soir.

Elle plissa les yeux.

— Très bien... Peut-être que quelqu'un d'autre pourra me conseiller.

Viola tourna les talons, mais avant même d'avoir pu faire un pas, une main s'agrippa à son avant-bras et la tira en arrière. Elle tourna la tête vers lui, surprise par son audace, et serra la mâchoire.

— Monsieur, je vous suggère de retirer votre main maintenant.

Il ne céda pas à sa menace.

— Vous n'avez aucune idée des dangers qui vous guettent. Une femme comme vous ne devrait pas rôder seule dans la nuit.

— Ce ne sont pas vos affaires. Alors, à moins que vous ne vouliez coucher avec moi vous-même, lâchez-moi.

Au moment où elle lui lançait sa menace, elle réalisa que c'était exactement ce qu'elle voulait. Lorsqu'elle l'avait regardé battre son compagnon, elle avait vu la puissance brute de son corps. Mais elle avait aussi vu qu'il s'était retenu. Il était bien plus fort qu'il ne le laissait voir.

Et les yeux qui la fixaient maintenant avec incrédulité étaient les plus sensuels qu'elle avait jamais vus sur un homme. Ils étaient d'un bleu éclatant, qui contrastait fortement avec ses cheveux noirs. Son visage avait des angles aigus, plus rudes qu'élégants, et ses épaules semblaient saillir sous son manteau. Il était grand, et l'idée qu'il puisse toucher des endroits plus intimes l'excitait. Là où Salvatore avait été beau, cet homme était magnifique.

Cependant, le froncement de sourcils sur son visage suggérait qu'il n'avait pas l'intention d'accepter son offre impromptue. Peut-être que son physique ne lui plaisait pas. Elle s'efforça de ne pas prendre sa réaction personnellement. Mais se rendre compte qu'elle n'arrivait pas à convaincre cet homme de la culbuter remettait en question son armure soigneusement construite.

— Alors, laissez-moi partir, répéta-t-elle, ne voulant pas entendre son refus.

Son visage en avait assez dit. Viola agita son bras, essayant de lui faire desserrer son étreinte, mais il ne céda pas.

— Vous voulez que je couche avec vous ? demanda-t-il.

Elle ravala sa surprise à sa question. Envisageait-il de le faire ? Les battements de son cœur s'accélèrent.

— Je suis veuve depuis un certain temps et le contact d'un homme me manque.

— C'est vrai ?

On aurait dit qu'il ne la croyait pas. Son histoire n'était-elle pas assez crédible ? Elle l'avait répétée plusieurs fois et Salvatore l'avait crue.

— Il est clair que vous n'êtes pas intéressé. Ne vous inquiétez donc pas. Je suis sûre que je trouverai quelqu'un.

Où et comment elle accomplirait cet exploit, elle n'en était pas certaine.

— Qui a dit que je n'étais pas intéressé ?

Viola leva les yeux vers son visage et remarqua qu'il laissait un long regard parcourir son corps. Elle frissonna et se mouilla les lèvres. Oui, cet homme éveillait quelque chose en elle. Pour une raison étrange, il brisait l'incertitude qu'elle avait ressentie en compagnie de Salvatore. Malgré les douceurs que Salvatore lui avait chuchotées à l'oreille, elle ne s'était pas attachée à lui. Alors que cet homme...

— Il y a un endroit au fond de cette allée où nous pourrions aller, suggéra-t-il. Quel est votre nom ?

— Madame Costa.

Sa gorge était sèche comme du papier de verre.

— Votre prénom.

Son cerveau s'arrêta de fonctionner sous le regard intense qu'il lui lançait.

— Pourquoi voulez-vous mon prénom ?

— Parce que j'aimerais prononcer votre prénom lorsque je vous pénétrerai.

4

Dante laissa la porte de la chambre à coucher de l'auberge se refermer derrière lui et regarda la belle Viola ôter sa cape. Il n'avait pas prévu de coucher avec qui que ce soit ce soir, mais il ne faisait jamais la fine bouche dans un cas pareil. Et Viola était plus qu'un cadeau inattendu : elle l'intriguait.

Qu'est-ce qui l'avait poussée à se rendre dans ce club peu recommandable ? Elle semblait trop raffinée, trop bien élevée pour un tel établissement. Franchement, il était très content d'être arrivé là au bon moment, car plus il la regardait, plus il avait envie d'être celui qui assouvirait ses désirs secrets. L'idée qu'elle soit sortie pour s'attirer des ennuis lui donna un grand frisson dans le dos.

Même en tant que jeune veuve qui connaissait les plaisirs de la chair, elle n'avait aucune idée des dangers qui la guettaient à l'extérieur. À ses yeux, elle était encore innocente. Et il avait un faible pour les femmes innocentes. Tout comme il avait toujours essayé de protéger Benedetta, une jeune fille d'à peine quinze ans, il voulait maintenant protéger cette femme.

Dans une certaine mesure, en tout cas. Il ne lui ferait pas de mal, mais, pendant qu'il la baiserait, il la goûterait aussi. Même s'il s'était nourri plus tôt dans la nuit, il ne refusait jamais le dessert. Et si le goût de son sang était aussi enivrant que le parfum de sa peau le promettait, il s'agirait d'un somptueux dessert.

— Eh bien, dit-elle, sa voix tremblant en même temps que ses doigts.

Il perçut sa nervosité et supposa que son défunt mari était le seul homme à l'avoir jamais touchée. Manifestement, c'était difficile pour elle.

Dante s'approcha d'elle, jetant son manteau sur une chaise à mi-chemin.

— Laissez-moi vous aider avec votre robe.

Viola tressaillit lorsqu'il posa ses mains sur ses épaules.

— Je peux le faire moi-même, balbutia-t-elle.

— Mais j'aimerais le faire, si vous me le permettez.

Il lui releva le menton avec sa main et pencha la tête. Son haleine se mêla à la sienne et il en huma le parfum.

— J'aimerais aussi vous embrasser.

Il n'attendit pas sa réponse et pressa ses lèvres contre les siennes et les poussa à s'ouvrir. Sans plus attendre, il introduisit sa langue dans la bouche de la jeune femme et lui fit part de sa demande. Sa réponse fut timide. Dante s'en prit à sa langue et grogna sa désapprobation. Si elle voulait qu'il couche avec elle, elle ne le montrait pas dans sa réaction. N'était-il pas à son goût ? L'idée qu'elle puisse préférer les traits plus élégants de Salvatore aux siens, plus rudes, l'enflamma.

Il arracha sa bouche de la sienne.

— Embrassez-moi à votre tour, bon sang.

Ses yeux brillaient d'incertitude.

— Ou avez-vous changé d'avis ?

Il la laisserait s'en tirer si c'était le cas. Il n'était pas du genre à forcer une femme.

Elle secoua la tête rapidement, mais avec détermination.

— Non !

Tout aussi rapidement, elle passa ses mains autour de son cou et le ramena vers elle.

— C'est mieux, la félicita-t-il en passant ses bras autour de son dos. Maintenant, essayons encore une fois, d'accord ?

Viola ferma les yeux, comme pour se préparer à son assaut. Cela le surprit. Le voyait-elle comme une sorte de bête brute ? Dante s'arrêta un instant. Elle ne savait rien de lui, sinon ce qu'elle l'avait vu faire : frapper violemment un autre homme à coups de poing. Cela l'avait-il effrayée ?

— Je ne vous ferai pas de mal.

Ses yeux s'ouvrirent.

— Je sais.

Cette fois, lorsqu'il l'embrassa, il pressa doucement ses lèvres contre sa bouche douce et tira sur sa lèvre supérieure, puis passa sa langue dessus. Lentement, ses lèvres s'écartèrent. Dante continua à mordiller ses lèvres jusqu'à ce qu'il entende un petit gémissement venant d'elle. Il comprenait maintenant : elle voulait de la douceur et de la lenteur. C'était à cela qu'elle répondait. Il pouvait le faire.

Il retira ses lèvres.

— Vous auriez dû me dire que vous vouliez de la douceur. Parce qu'une femme qui se promène dans des clubs miteux en essayant de trouver un homme pour le sexe a généralement envie d'une baise frénétique.

Viola haleta et sembla vouloir protester, mais il déposa un doux baiser sur ses lèvres avant de poursuivre.

— Cela n'a pas d'importance pour moi. Si vous voulez que je vous baise doucement, je le ferai. Mais quand vous voudrez que je vous baise vite et fort, vous me le ferez savoir, n'est-ce pas ?

Son hochement de tête fut à peine perceptible.

Dante explora le creux chaud et humide de sa bouche, fit glisser sa langue contre la sienne et savoura son goût. C'était un véritable délice, et sa réponse douce et mesurée à sa langue curieuse ne faisait qu'alimenter son excitation. Lui arracher une réponse était un défi, et il aimait les défis plus que tout autre homme.

Plus il l'embrassait sans se laisser aller à ses exigences, plus Viola s'éveillait dans ses bras. Les mains qu'elle posa sur son cou étaient chaudes au toucher et son corps tout entier semblait irradier de chaleur. Il s'en réjouit et glissa sa main jusqu'à la peau nue de ses épaules. Elle trembla lorsqu'il prit son pouls avec ses doigts, et il entendit les battements de son cœur s'accélérer. Son sang se chargea dans la veine sous le bout de ses doigts, une sensation qui fit durcir sa queue en un instant.

Oui, coucher avec cette jeune femme timide serait un plaisir inattendu. Et s'abreuver de son sang sucré rendrait la chose encore plus agréable.

Dante abaissa sa main et prit un sein, ce qui provoqua un sursaut de sa part. Il détacha ses lèvres des siennes. Ses yeux verts semblaient encore plus sombres qu'avant. Et ses lèvres étaient gonflées par ses baisers. Il aimait bien cette vue.

— Puis-je vous aider à vous déshabiller ?

Ses mots la tirèrent de son état de béatitude passionnelle. Aucun homme ne l'avait jamais embrassée de la sorte. En fait, aucun homme ne l'avait jamais embrassée autrement que sur sa main ou sa joue. C'était plus que ce à quoi elle s'attendait. Et elle ne voulait pas s'arrêter.

Je veux encore vous embrasser, marmonna-t-elle en détournant le regard.

— Nous nous embrasserons encore beaucoup, je vous le promets. Mais d'abord, enlevez votre robe pour que je puisse vous toucher pendant que je vous embrasse.

Ses yeux semblaient la dévorer. Et la rumeur de sa voix portait la promesse qu'il avait faite.

— Voulez-vous vous déshabiller aussi ?

Il s'esclaffa.

— Voulez-vous m'aider à le faire ?

L'idée de le déshabiller l'excitait. Elle se lécha les lèvres par anticipation. D'après ce qu'elle avait senti sous ses mains lorsqu'elle l'avait serré contre elle, Dante était un homme grand, aux muscles puissants. Ils lui avaient semblé durs, mais réconfortants.

— Je dirais que c'est un oui.

Son sourire était chaleureux, et elle le lui rendit.

Il commença à délier son corsage. Comme elle était venue à Venise sans femme de chambre ni compagnon, elle avait choisi une robe qu'elle pouvait mettre et enlever sans l'aide de personne. Cependant, lorsqu'elle sentit ses doigts caresser son buste pendant qu'il desserrait sa robe, elle ne s'inquiéta pas le moins du monde de son aide. Elle appréciait les picotements qui se répandaient sur sa peau à chaque pression de ses mains. Et il ne faisait que la toucher à travers les nombreuses couches de ses vêtements. Qu'en serait-il lorsqu'il toucherait sa peau nue ?

Tandis que Dante retirait son corsage et laissait ses jupes tomber sur le sol dans un bruissement, elle se retrouva devant lui, vêtue d'une simple chemise de nuit et d'une culotte. Elle n'avait pas porté de corset depuis qu'elle savait qu'elle serait incapable de l'enfiler sans aide. Maintenant, elle se sentait exposée, sachant qu'il pouvait voir à travers le mince tissu blanc de sa chemise. Instinctivement, elle croisa les bras sur sa poitrine.

— Non, murmura-t-il, laissez-moi vous voir.

Il lui prit les bras et les décroisa.

— Vous êtes belle. Vous n'avez aucune raison de vous cacher.

Sa paume toucha l'un de ses seins, puis l'autre. Ce contact lui fit l'effet d'un éclair.

— J'aime la sensation qu'ils procurent dans mes mains.

Il serra, et son rythme cardiaque s'accéléra.

— Oh, mon Dieu.

— C'est Dante, corrigea-t-il.

Bien sûr, elle le savait. Il lui avait dit son nom sur le chemin de l'auberge. Mais il ignorait pourquoi son cerveau ne fonctionnait pas lorsque ses mains étaient sur elle.

— Dante, murmura-t-elle. Je veux aussi vous déshabiller.

Viola posa ses mains sur sa poitrine, lui faisant lâcher ses seins. Lentement, elle ouvrit un bouton après l'autre, révélant un torse musclé parsemé d'une légère couche de poils sombres. Au milieu de la poitrine, les poils se concentraient, puis se rétrécissaient vers le haut de la culotte. Ses yeux suivirent le chemin sombre.

— Oui, l'encouragea-t-il. Ouvrez mon pantalon et sortez ma queue.

Personne n'avait jamais prononcé ce mot devant elle, et pourtant, elle savait ce qu'il signifiait. Elle baissa les yeux vers le bourrelet caché sous le tissu. Un très gros bourrelet. Portait-il des protections ? Elle l'espéra, car ce que laissait supposer le contour dur de sa culotte était physiquement impossible, elle en était certaine.

Viola hésita, mais Dante lui prit simplement la main et posa sa paume sur le bourrelet. Surprise, elle tenta de se dégager, mais il lui tint le poignet et la força à épouser son érection. La chair sous sa paume était chaude, et elle battait. Elle n'avait jamais rien senti d'aussi vibrant. Elle avait maintenant la réponse : il ne portait pas de rembourrage.

— Ouvrez les boutons.

Elle suivit son ordre sans réfléchir. Quelques instants plus tard, sa culotte était ouverte. Il la baissa et se déshabilla complètement. Viola détourna les yeux, même si elle voulait le regarder. Mais elle était envahie par la gêne. Elle n'avait jamais vu un homme nu.

— Regardez-moi.

La voix de Dante était calme et apaisante.

Elle leva les yeux pour croiser son regard. Mais il secoua la tête.

— Regardez ma queue.

Elle déglutit en entendant cet ordre audacieux. Comment pouvait-elle le regarder d'une manière aussi évidente ?

— S'il vous plaît, regardez ma queue et prenez-moi dans votre main.

Elle reprit courage et baissa le regard sur son ventre, puis plus bas. Au milieu d'un nid de boucles sombres, sa verge se dressait, légèrement courbée vers le haut, ses veines pourpres palpitaient et son gland luisait. Elle s'était toujours attendue à ce que les hommes soient laids à cet endroit, mais rien n'était moins vrai. Sa verge veinée était comme une œuvre d'art sculptée. Belle, fière et parfaite.

Sa main se tendit d'elle-même, ses doigts effleurant le dessous de sa queue. La peau était aussi douce que celle d'un bébé, mais, lorsqu'elle l'entoura de sa main, elle put sentir à quel point il était dur. Comme un phallus ciselé dans le marbre.

Dante siffla.

— Putain.

À son juron, elle le relâcha avec un souffle de surprise.

— Non, n'arrêtez pas. J'aime la façon dont vous me touchez.

Avec hésitation, elle le prit à nouveau dans sa main. Puis elle sentit ses mains sur elle, ouvrant les boutons supérieurs de sa chemise pour qu'elle glisse facilement sur une épaule, exposant un sein à sa vue. Il pencha la tête vers le bas et passa sa langue sur son mamelon.

Sa main le lâcha pour essayer de gérer les nouvelles sensations qui l'envahissaient. Sa langue était chaude et humide, et sa texture créait une délicieuse friction sur son sein. Son mamelon était devenu dur et en demandait encore plus. Viola rejeta la tête en arrière. Lorsque l'air frais souffla sur sa peau, elle réalisa qu'il avait repoussé sa chemise de nuit sur ses épaules et l'avait laissée tomber sur le sol. Puis elle sentit ses mains sur sa culotte, dont il la débarrassa également. Elle aurait dû ressentir de l'embarras, mais elle ne ressentait que les sensations fortes qu'il lui procurait.

Sa bouche suça son mamelon, l'attirant profondément dans sa chaleur. Cela créa une douleur tout aussi forte entre ses jambes, où elle sentit une chaleur et une humidité qu'elle n'avait jamais connues auparavant.

Viola enfonça ses mains dans ses épaules pour ne pas osciller, son équilibre étant entravé par les soins qu'il lui prodiguait et par l'ordre que lui donnait son propre corps de se laisser aller. Dante grogna et leva la tête de sa poitrine.

— Non, protesta-t-elle, voulant plus de ce qu'il lui offrait.

— Chut, ma douce.

Il la prit dans ses bras et la porta jusqu'au lit. Lorsqu'il les fit descendre sur le lit, elle sentit la finalité de ses actes. Un soupçon de panique l'envahit et elle se raidit.

— Qu'est-ce qui ne va pas ? demanda-t-il.

Viola ouvrit les yeux et le regarda. C'était l'homme qui était sur le point de la dépuceler et de faire d'elle une femme avant qu'elle ne meure. Elle avait peur, mais elle savait qu'elle en avait besoin, qu'elle avait besoin de savoir ce que cela signifiait d'être une femme. Malgré sa peur, elle se força à sourire.

— Rien.

Dante s'installa sur elle, écartant ses cuisses avec son corps. Sa verge dure était posée à l'aplomb de ses cuisses, où la douleur lancinante qu'elle ne pouvait décrire devenait de plus en plus forte.

— Vous me rendez tellement chaud et dur, dit-il, la mâchoire serrée comme s'il exerçait une force importante sur quelque chose ou quelqu'un. Je ne peux plus attendre.

Puis elle sentit sa queue épaisse à son entrée juste avant qu'il ne plonge en elle.

5

Dante se sentit franchir la barrière et se figea en entendant Viola crier.

— Tu es vierge ? demanda-t-il en s'appuyant sur ses coudes pour se libérer de son poids. Tu m'as menti.

Il sentit la fureur l'envahir. La femme qui se trouvait sous lui n'était pas une veuve timide, mais une vierge rougissante. Pas étonnant qu'elle ait été si hésitante lorsqu'il l'avait embrassée pour la première fois.

Viola détourna la tête pour éviter son regard furieux.

— L'aurais-tu fait si je t'avais dit que j'étais vierge ?

— Bien sûr que non, répliqua-t-il en se détachant d'elle avec un soupir. Je ne suis pas là pour déflorer des innocentes.

— Et les hommes du club non plus, alors je me suis dit...

— Tu t'es dit que tu allais me mentir. J'ai compris. Si c'est une de tes ruses pour te faire épouser, alors...

Ses yeux s'écarquillèrent sous le choc et elle se redressa tout en tirant nerveusement sur le drap pour se couvrir.

— Comment oses-tu insinuer que je veux te piéger ? Je n'ai aucun intérêt pour toi. Tout ce que je voulais, c'était une nuit de passion.

Elle sauta du lit et attrapa sa chemise de nuit sur le sol.

Il remarqua que ses mains tremblaient lorsqu'elle l'enfila sur son corps.

— Viola, arrête. Que fais-tu ?

Elle enfila ses dessous et attrapa sa robe.

— Je m'en vais.

— Et où vas-tu ?

— Qu'est-ce que ça peut faire ? J'ai obtenu ce que je voulais. Tu as fait ce que je voulais que tu fasses.

Elle renifla, et il soupçonna qu'elle était au bord des larmes. Il détestait les femmes qui pleuraient.

— Je n'ai encore rien fait. Tu penses que c'est tout ce qu'il y a à faire ? Tu es vraiment une innocente. Et pour une raison étrange, il aimait son innocence. Tout comme sa queue encore dure.

Viola remonta sa robe et il fut surpris de la rapidité avec laquelle elle noua les lacets sur le devant de son corsage.

— Je ne suis plus une innocente.

Dante sauta du lit sans se soucier de sa nudité.

— Je n'ai fait que te pénétrer. Ce n'était pas de la baise.

— Eh bien, je ne veux pas connaître le reste.

Elle saisit sa cape et la petite sacoche qu'elle avait apportées avec elle et s'élança vers la porte.

Dante resta figé. Que venait-il de se passer ? Il avait défloré une vierge qui avait quitté son lit avant même qu'il ne l'ait baisée correctement. Tout ce qu'elle connaîtrait, c'était la douleur associée à l'invasion de son canal trop étroit. Bon sang, elle l'avait agrippé si brièvement. S'il l'avait su, il l'aurait mieux préparée. Qu'est-ce qu'il disait ? S'il l'avait su, il ne l'aurait jamais touchée.

Bon sang, ce n'était pas ainsi qu'il voulait qu'on se souvienne de lui : comme l'homme qui l'avait blessée.

Dante poussa un juron et s'empara de ses vêtements.

Dès que l'air froid de la nuit toucha son corps échauffé, Viola ressentit une douleur sourde dans la tête. Comme un poing serré, la pression dans sa tête augmenta : comme si la tumeur à l'intérieur d'elle essayait de pousser à travers son crâne et de le fissurer comme un poussin dans son œuf.

Tout cela avait été trop pour elle après tout : l'anticipation et la nervosité lorsqu'elle était entrée pour la première fois dans le club, la peur et la dévastation lorsque le combat entre Dante et Salvatore avait éclaté, et maintenant la perte de sa virginité. Cela avait été douloureux, même si la douleur aiguë n'avait duré qu'un instant. Dès qu'il l'avait pénétrée de sa virilité, manifestement trop grande pour une femme comme elle, toutes les délicieuses sensations que ses baisers et ses caresses avaient provoquées avaient fui son corps. Si c'était cela le sexe, alors elle n'était plus intéressée.

Au moins, elle ne mourrait pas vierge. Maintenant qu'elle savait qu'elle avait expérimenté tout ce qu'elle s'était fixé, elle se sentit vide. Mais au lieu d'un vide agréable dans sa tête, elle ressentit une douleur lancinante. Pendant des heures, elle serait en proie à une douleur atroce si elle continuait ainsi.

Mais elle n'était pas obligée de le permettre. Elle avait coché tous les points de sa liste. Il n'y avait aucune raison de rester. Il valait mieux en finir maintenant.

Viola se dirigea vers le prochain coin de rue où une lampe à gaz fournissait plus de lumière, et s'arrêta. Elle détacha le nœud de son petit sac et l'ouvrit. Outre un mouchoir, quelques pièces de monnaie et ses pilules, le seul objet qu'il contenait était le pistolet qu'elle avait pris dans le bureau de son père. Elle l'avait observé assez souvent lorsqu'il le nettoyait et le chargeait. Elle avait même tiré une fois en Suisse pour s'assurer qu'il fonctionnait. Puis elle l'avait rechargé.

Ses doigts furent soudain glacés lorsqu'elle sortit l'arme de son sac. Elle reconnut la lenteur de ses mouvements comme un symptôme de sa lâcheté. Elle était lâche de vouloir mettre fin à ses jours, mais elle était aussi lâche d'hésiter à poser le pistolet sur sa tempe.

Elle se força à stabiliser sa main tremblante. Il fallait le faire. Elle ne resterait pas les bras croisés à attendre sa mort alors qu'elle n'attendait plus rien de la vie, alors que tout ce qui allait se passer désormais serait douloureux. Il n'y aurait plus de joie pour elle.

Viola esquissa un sourire gêné, se souvenant des quelques instants de bonheur pur et absolu qu'elle avait ressentis lorsque Dante l'avait embrassée. C'était de ces minutes-là qu'elle voulait se souvenir à l'heure de la mort, et non de la douleur qui avait suivi ou des vilains mots qu'il lui avait lancés.

Un petit sanglot s'échappa de sa poitrine lorsqu'elle porta l'arme à sa tête et ferma les yeux. Elle arma le pistolet, et le son résonna dans la ruelle, ricochant sur les murs de pierre pour dire au monde entier qu'elle partait. Son doigt sur la gâchette trembla, mais elle prit une inspiration, puis une autre.

Des larmes franchirent ses paupières closes et coulèrent sur ses joues. Elle serra son index et sentit quelque chose heurter son corps au moment où le coup de feu retentit.

6

Le coup de feu résonna dans la ruelle juste au moment où Dante se jetait sur Viola et lui arrachait le pistolet des mains. Ils s'écrasèrent sur les pavés de la rue, Dante atterrissant sur elle. Il roula instantanément à côté d'elle, mais elle ne bougea pas.

Ses narines sensibles perçurent immédiatement l'odeur de son sang.

— Non ! cria-t-il.

Il était arrivé trop tard. Lorsqu'il l'avait vue sous la lampe à gaz, il avait hésité à s'approcher d'elle. Il n'avait pas su quoi lui dire. Il n'avait vu que trop tard le pistolet qu'elle tenait à la main. Ce n'était que lorsqu'elle l'avait porté à sa tempe qu'il avait réagi et s'était mis à courir.

Dante regarda la blessure à la tête de Viola, repoussant en même temps la faim de son sang. Il aurait dû avoir honte. Même maintenant, avec le sang qui suintait de sa tête, il ne voulait rien de plus que de la goûter. Il chassa cette pensée comme un chien secoue sa peau pour la débarrasser de l'eau.

Hésitant, il passa la main sur la plaie, essuyant le sang, effrayé par ce qu'il allait trouver. Mais ses doigts ne rencontrèrent pas de plaie béante. Au contraire, il ne sentit qu'une écorchure. Elle saignait légèrement. Il pencha la tête plus près et posa son regard sur la plaie. La lampe à gaz fournissait un peu de lumière et sa vision nocturne supérieure compensa le reste.

Il n'y avait pas de trou. La balle ne l'avait qu'effleurée, et il était fort probable que la violence avec laquelle il l'avait jetée à terre lui avait fait perdre connaissance. Dante appuya sa main sur sa poitrine et chercha les battements de son cœur, même s'il les entendait. Mais il avait besoin de se rassurer. Instinctivement, sa main se déplaça et vint se poser sur l'un de ses seins. Il s'éloigna d'elle.

Mon Dieu, il était si dépravé qu'il allait jusqu'à caresser une femme inconsciente et blessée. Son estomac gronda, l'odeur de son sang sucré assaillant ses sens. C'était inutile, tant qu'elle saignerait, même légèrement, de sa blessure à la tête, il ne pourrait se concentrer sur rien d'autre. Il approcha ses lèvres de sa blessure et la lécha d'un seul coup de langue, se forçant à s'éloigner d'elle immédiatement.

Sa salive referma la plaie et cicatrisa la peau, mais il n'y prêta pas attention. Il était trop distrait par le goût d'elle sur sa langue. Son sang était doux et riche, comme il s'y attendait, mais il y avait un autre goût, qu'il n'arrivait pas à déterminer. Il lui semblait étranger, tout comme son odeur lui avait paru étrangère lorsqu'il l'avait inhalée pour la première fois au club. Il sentait quelque chose de menaçant. Dante secoua la tête. Son esprit était probablement dérangé, encore confus du choc qu'il venait de subir.

Viola avait tenté de se suicider à cause de ce qu'il lui avait fait.

Avait-il été un tel goujat ? Peut-être ne valait-il pas mieux que Salvatore. Au moins, les blessures que Salvatore laissait aux femmes étaient visibles et guérissaient avec le temps, alors que les blessures qu'il avait laissées à cette femme innocente étaient internes. Il n'avait pas vu à quel point il l'avait heurtée. Cependant, il l'avait blessée si fort qu'elle avait voulu se consoler dans la mort.

Le fait de le savoir le bouleversait. Elle avait tenté de mettre fin à ses jours quelques minutes après avoir quitté son lit, quelques minutes après l'avoir accusée de mentir et d'essayer de le piéger. Quelques minutes après avoir été en elle, après l'avoir blessée physiquement. Elle avait voulu quitter ce monde avec l'idée fausse que le sexe était une chose terrible, qu'il faisait du mal aux femmes. Et qu'il était un mauvais amant.

Et ce dernier élément affectait son ego.

Aucune femme avec qui il avait été n'avait jamais fait ça, du moins il l'espérait. Il avait toujours essayé de s'assurer que les femmes qu'il baisait prenaient du plaisir. Franchement, c'était plus amusant pour lui si elles le faisaient. Mais Viola, il l'avait tellement déçue qu'elle n'avait même pas supporté de continuer à vivre. Qu'est-ce que cela faisait de lui ? Plus qu'un mauvais amant, cela faisait de lui le complice de sa mort. Et c'était une chose qu'il ne voulait pas être.

Oui, il avait tué, mais il s'agissait d'hommes qui avaient menacé sa vie ou celle de ses comparses vampires. Il n'avait jamais tué d'innocent, et il n'allait pas commencer maintenant. Il devait convaincre la femme qui gisait toujours inconsciente sur les pavés que la vie valait la peine d'être vécue. Et que le sexe valait la peine d'être pratiqué. Encore et encore et encore.

Sachant ce qu'il avait à faire, il rangea le pistolet dans la poche de son manteau et prit Viola dans ses bras. Il sentit à peine son poids lorsqu'il la porta pendant les quinze minutes qu'il lui fallut pour atteindre sa maison.

Les lumières étaient allumées lorsqu'il entra, et des voix et des rires parvinrent jusqu'à lui par la porte ouverte du salon.

— Dante ? cria son frère Raphael.

— Pas maintenant.

Dante se dirigea vers les escaliers, mais son frère était déjà à la porte et s'avançait dans le hall.

— La rumeur dit que tu t'es disputé au...

Son frère s'interrompit.

— Tu étais obligé de ramener ton dîner à la maison ? Je pensais que nous avions discuté...

Dante pivota et fit face à son frère.

— Elle n'est pas mon dîner.

Il fut surpris par le ton défensif de sa propre voix.

— Je sens l'odeur du sang.

— Elle est blessée.

Isabella apparut derrière lui.

— Que se passe-t-il ?

Sa belle-sœur était toujours aussi ravissante. Dante remarqua que Raphael prit instantanément sa main dans la sienne. Des jeunes mariés, grommela Dante intérieurement.

— Rien. Je ne fais qu'aider une femme blessée.

Isabella elle-même haussa un sourcil. On aurait dit que sa nouvelle belle-sœur avait déjà compris qu'il n'était pas du genre bon samaritain.

— Depuis quand es-tu si charitable, Dante ? se moqua son frère.

Dante prit une grande inspiration.

— Puis-je te rappeler que c'est aussi ma maison, et que ce que je fais me regarde ?

— Je te l'accorde. Cependant, j'aimerais m'assurer de la sécurité de la jeune fille pendant qu'elle est dans notre maison.

Dante perdit patience.

— Eh bien, regardez mon frère soudain si convenable. Sans vouloir t'offenser, Isabella, il semble que ton mari ait oublié comment il était avant de t'épouser. Je me souviens très bien que...

— Quoi qu'il en soit, les choses ont changé, répliqua Raphael en portant la main d'Isabella à ses lèvres pour embrasser ses phalanges. Nous avons convenu de ne pas soumettre Isabella aux aspects les plus horribles de notre espèce. Et cela inclut le fait d'amener des humains sans méfiance dans notre maison et...

Dante fit un pas de plus.

— Et quoi ?

Puis il baissa les yeux vers le visage de Viola qu'il berçait contre son torse.

— Je ne lui veux aucun mal. Si vous voulez savoir, elle a tenté de mettre fin à ses jours ce soir.

Isabella était choquée.

— Oh, non. Pauvre fille !

— Qu'est-ce qui s'est passé ? demanda Raphael, la voix pleine de compassion.

Dante ferma les yeux, se demandant ce qu'il allait bien pouvoir dire à son frère.

— Elle était vierge. Mais elle m'a menti en me disant qu'elle était veuve et qu'elle cherchait quelques... distractions charnelles.

Il regarda le visage d'Isabella, se demandant ce qu'il devait dire de plus. La femme de son frère se contenta d'écouter en retenant son souffle.

— Ce n'était pas... eh bien, ce n'était pas agréable pour elle. Elle a tenté de se suicider dix minutes plus tard. J'ai eu de la chance de l'arrêter. La balle n'a fait qu'effleurer sa tempe.

Pendant un moment, personne ne parla. Le silence dans le hall était assourdissant.

Il attendait une remarque acerbe de son frère, mais elle ne vint pas.

— Quoi, pas de réflexion ? demanda Dante.

— Tu ferais mieux de l'emmener à l'étage. Je vais informer les domestiques pour qu'ils fassent attention à ce qu'ils disent. Je suppose qu'elle ne sait pas ce que tu es ? demanda Raphael d'une voix calme et posée.

Dante secoua la tête.

— Non. C'est déjà bien assez qu'elle pense que le sexe est une chose terrible. Comment penses-tu qu'elle réagira si elle réalise que l'un des nôtres a pris sa virginité ?

Il contempla le visage de Viola et la serra contre lui. Elle semblait si fragile, et il avait l'impression d'être une bête qui l'avait attaquée.

Et il voulait recommencer.

7

Viola sentit un cocon chaud l'entourer et se blottit plus profondément dans la douceur. Elle ne s'attendait pas à ce que l'au-delà soit aussi doux et chaleureux. En fait, elle avait plutôt pensé qu'à la suite de son suicide, elle se réveillerait en enfer. Mais cela ne ressemblait pas à l'enfer. Il y avait bien l'odeur d'un peu de fumée provenant d'un feu qui brûlait à proximité, mais pas d'odeur de soufre, pas de cris. Au lieu de cela, elle pouvait sentir une odeur persistante d'eau de Cologne, une eau de Cologne d'homme. C'était étrange.

Elle ouvrit les yeux pour observer son nouvel environnement. Choquée, elle se redressa.

Elle se trouvait dans un grand lit à baldaquin au milieu d'une chambre à coucher richement décorée, et très masculine.

— Ah, tu es enfin réveillée.

Viola tourna la tête vers la voix masculine et se figea. Dante. Il était assis dans un fauteuil près de la cheminée et se leva pour se diriger vers le lit. Elle attrapa les draps et les pressa contre son corps, réalisant instantanément qu'elle ne portait que sa chemise de nuit.

— Je devais te mettre à l'aise.

Son ton était désolé, et même ses yeux semblaient sincères.

— Où suis-je ? s'écria-t-elle, paniquée.

L'avait-il kidnappée ? Que s'était-il passé ? Elle se souvenait très bien avoir appuyé le pistolet sur sa tempe et avoir pressé la détente.

Dante atteignit le lit et s'assit au bord. Viola le regarda avec méfiance.

— Tu es chez moi. Je ne savais pas où tu habitais, alors je t'ai amenée ici.

Instinctivement, sa main se porta à sa tempe. Elle sentit une petite écorchure, mais rien d'autre.

Ses yeux suivirent sa main.

— La balle ne t'a qu'effleuré. J'ai retiré l'arme de ta main.

Son cœur battit la chamade à l'idée qu'il sache ce qu'elle avait fait et qu'il l'avait empêchée de réussir.

— Comment oses-tu ?

— Excuse-moi ? dit-il en plissant le front d'un air confus.

— Tu m'as entendue. Comment oses-tu m'en empêcher ? C'était mon choix.

Elle lui lança un regard furieux.

— Ton choix ? demanda-t-il en se levant en sursaut. Tu ne savais pas ce que tu faisais. On ne peut pas se tuer pour quelque chose d'aussi trivial.

— Trivial ?

— Oui, c'est insignifiant. La première expérience sexuelle d'une femme n'est jamais très agréable. Tu ne le sais pas ?

Il pensait qu'elle avait voulu se tuer parce qu'elle avait eu mal quand il l'avait pénétrée ? Elle avait dû faire face à des douleurs plus graves dans sa vie que cette petite douleur qui n'avait duré que quelques secondes. Il était tellement égocentrique !

— Débauché pompeux et arrogant ! Cela n'a rien à voir avec toi.

Dante lui lança un regard noir.

— Cela a tout à voir avec moi. Il n'est pas nécessaire de me mentir. En fait, il serait préférable pour tout le monde que tu me dises la vérité. Tu n'es manifestement pas veuve. Je suppose que c'est un fait établi.

Viola n'aimait pas son ton autoritaire et décida de ne pas lui faciliter la tâche. Peut-être pensait-il pouvoir commander à d'autres femmes, mais pas à elle.

— J'aurais très bien pu me marier et être encore vierge si...

Il s'approcha soudain du lit et lui prit le menton avec le pouce et l'index.

— Le mensonge ne te ressemble pas. Alors, arrête, ou je vais devoir faire ça pour te faire taire.

Il déposa un baiser sur ses lèvres, un baiser si bref qu'elle eut du mal à en apprécier la sensation.

— Je ne t'ai pas donné l'autorisation de m'embrasser, protesta-t-elle en le repoussant, ce qui fit tomber le drap de lit.

— Tu m'as donné l'autorisation de faire bien plus que cela.

Il sourit et baissa son regard sur ses seins.

D'un geste saccadé, elle se recouvrit du drap.

— Va t'asseoir sur le fauteuil là-bas.

Elle voulait qu'il soit le plus loin possible. Quand il était si près d'elle et que son odeur masculine l'enveloppait, elle n'arrivait pas à penser clairement. Sinon, pourquoi aurait-elle voulu l'attirer dans son lit et lui demander de l'embrasser à nouveau comme il l'avait fait avant d'utiliser son énorme virilité sur elle ?

Le regard qu'il lui lança ne pouvait qu'être qualifié de sombre.

— Si tu le souhaites.

Dante se laissa tomber dans le fauteuil et la dévisagea.

— Maintenant, si tu me dis où sont mes vêtements, mon sac et mon pistolet, je pourrais me préparer à partir.

— Tu ne feras rien de tel.

Viola plissa les yeux.

— Me gardes-tu captive ?

— C'est pour ta propre sécurité. Quant à ton pistolet, tu dois être folle pour penser que je te rendrais simplement une arme mortelle après que tu as essayé de te tuer avec. Non, Viola, tu resteras ici jusqu'à ce que je puisse m'assurer que tu ne recommenceras pas.

Elle inspira brusquement.

— Cela ne dépend pas de toi. Ma vie m'appartient et j'en fais ce que je veux.

— Pas si je peux m'en occuper, dit Dante en se levant.

Il ressemblait à un tigre en cage lorsqu'il s'approcha à nouveau du lit. Instinctivement, elle se précipita vers l'autre côté du lit.

— Tu ne peux pas faire ça.

— Je peux faire bien plus que cela. Pour commencer, je vais te montrer que le sexe peut être aussi agréable pour une femme que pour un homme. Une fois que tu l'auras compris, tu n'auras plus aucune raison de te suicider.

Viola se contenta de le regarder fixement. Il ne pouvait pas être sérieux. Cet homme avait un sens de l'égocentrisme complètement démesuré qui ne permettait pas à son cerveau dérangé de comprendre qu'elle ne voulait pas quitter ce monde à cause de lui. Et, bien sûr, elle ne voulait pas lui dire la vérité. Ce n'étaient pas ses affaires. D'ailleurs, elle ne voulait la pitié de personne. Quant à lui prouver que le sexe était un plaisir pour les femmes...

— Comment comptes-tu faire ça ?

Parfois, elle aurait aimé que son cerveau soit plus rapide que sa langue, car elle avait manifestement encore parlé trop vite. À en juger par son sourire suffisant, il s'amusait de la situation.

— Très lentement et très minutieusement.

Le regard qu'il posa sur elle la fit frissonner. Elle était perdue s'il mettait ses promesses en pratique.

— Tu ne peux pas...

Il termina sa phrase et sauta à quatre pattes sur le lit.

— Je n'en serais pas si sûre si j'étais toi.

Une seconde plus tard, Dante chevauchait ses hanches et l'enfonçait dans les oreillers, son visage n'étant plus qu'à quelques centimètres d'elle. Le corps de Viola s'échauffa et son pouls s'accéléra. Sachant comment elle avait réagi à ses baisers et à son contact auparavant, il lui était impossible de le repousser. Elle se sentait paralysée.

Ses phalanges caressèrent doucement sa joue.

— Comme nous le savons tous les deux, je suis plus fort que toi. Alors, garde ton souffle pour le moment où tu te retrouveras à haleter pour te libérer. Pour lors, je vais demander aux domestiques de te préparer un bain. Et une fois que tu auras terminé, je t'attendrai en bas pour un repas.

Son instinct de combattante ne l'avait pas encore quittée. S'il pensait qu'elle était facilement intimidable, il ne savait pas encore à quel point elle était têtue.

— Je ne ferai rien de tel.

— Très bien, alors je vais te laver moi-même.

Elle était choquée.

— Tu n'aurais pas...

Son sourire l'arrêta. Il le ferait.

— Très bien.

— Voilà une gentille fille, la félicita-t-il, ou se moquait-il d'elle ?

Lorsqu'il sauta du lit, elle aurait dû être soulagée, mais sa chaleur manqua instantanément à son corps.

Il se dirigea vers la porte.

— Et si tu mets trop de temps à prendre ton bain parce que tu essaies de m'éviter, je te sortirai moi-même de la baignoire et je t'essuierai.

Lorsqu'il laissa la porte se refermer derrière lui, Viola lui lança un oreiller.

— Tu n'es pas aussi irrésistible que tu le penses ! marmonna-t-elle dans un souffle, ayant juré l'entendre glousser en descendant les escaliers.

Pourtant, il n'aurait jamais pu l'entendre à travers la porte fermée.

8

— Tu es fou ? s'écria Raphael.

Dante haussa les épaules et frappa du pied contre la grille de la cheminée, ce qui fit siffler le feu.

— Que veux-tu que je fasse ? Que je la relâche et qu'elle recommence ? Je ne ferai pas ça.

— Tu es étonnamment protecteur à l'égard de la jeune fille. Cela ne te ressemble pas. Es-tu sûr d'aller bien ?

Le sourire insolent de Raphael ne fit rien pour calmer l'humeur de Dante.

— C'est toi qui dis ça ? Tu t'es assagi depuis ton mariage.

— Tu sais que je peux t'entendre, Dante, n'est-ce pas ? demanda Isabella depuis le canapé.

— J'essayais simplement de faire en sorte que ton mari ne soit plus sur mon dos, ma chère.

— Pour qu'il ne remette pas en question tes actions, répondit-elle.

— Je suis mon propre maître. Ce que je fais ne devrait pas te concerner, ni ton mari.

— Et la fille ? s'interposa Raphael en prenant place à côté de sa femme.

— Je promets qu'il ne lui sera fait aucun mal. Je ne suis pas un salaud.

— Cela reste à voir, dit Viola depuis la porte.

Dante sursauta et se retourna. Elle entra dans la pièce, vêtue de la robe qu'elle avait portée plus tôt, celle-là même dont il l'avait dépouillée il y a plusieurs heures. Le souvenir de cette robe était encore frais et fit battre son pouls. Il étouffa la réaction enflammée que sa présence provoquait chez lui.

— J'aurais bien voulu partir, mais il semble que quelqu'un ait verrouillé la porte accidentellement, et je ne trouve pas le moyen de l'ouvrir.

Elle se tourna vers Raphael, qui s'était levé du canapé.

— Peut-être pourriez-vous m'aider à prendre congé ? Mes parents vont s'inquiéter de mon absence prolongée.

Son sourire était doux comme du sucre, mais Dante savait que Viola était tout sauf cela. Et il ne s'y laisserait pas prendre.

— Raphael di Santori, se présenta son frère. Dante est mon frère.

Raphael se tourna ensuite vers sa femme, qui s'était installée à ses côtés.

— Et voici ma femme, Isabella.

— Enchantée. Viola Costa. Je suis désolée de vous avoir dérangé. Si vous le voulez bien, j'aimerais regagner mon logement.

Elle esquissa un autre sourire doux et déplaça son corps vers la porte.

Ses derniers mots résonnèrent dans la tête de Dante. Elle voulait retourner à son logement, pas à sa maison. C'était curieux. Il prit le pari.

— Si tu le permets, Viola, je serai heureux de t'accompagner à ton hôtel pour m'assurer que tu es en sécurité. Où loges-tu ?

— L'Aristo...

Elle se tut rapidement, mais Dante en avait entendu assez.

— C'est ce que je pensais. Tu ne rentres pas chez tes parents. J'ose espérer que tes parents n'ont aucune idée de l'endroit où tu te trouves.

À la façon dont ses joues se colorèrent, Dante sut qu'il avait raison.

— Eh bien, eh bien. Dans ce cas, je suis désolé, jeune fille, mais j'estime qu'il est de mon devoir de te garder ici sous ma surveillance, où aucun mal ne peut t'être fait. Je me ferai un plaisir de contacter tes parents en attendant qu'ils viennent te chercher.

Viola plissa les yeux.

— Ce ne sera pas nécessaire. Je trouverai moi-même le chemin de la maison.

— Non, non. J'insiste. Dès que tes parents seront arrivés, je serai plus qu'heureux de te confier à leurs soins.

Il se tourna vers son frère.

— Je pense que c'est le moins que nous puissions faire en tant que Vénitiens hospitaliers, n'est-ce pas, Raphael ?

Pour une fois, son frère était d'accord, même s'il fronça les sourcils.

— Je crains qu'il ne soit pas judicieux de permettre à une jeune femme de quitter notre maison sans chaperon ni compagnon. Si vous me donnez le nom et l'adresse de vos parents, j'enverrai personnellement un messager pour les informer de l'endroit où vous vous trouvez, Madame Costa.

Viola souffla et fit quelques pas vers Dante. Il avait vu juste. C'était une fugueuse et elle n'avait pas l'intention d'être retrouvée. Tant mieux, car il la voulait ici, avec lui. Jusqu'à ce qu'il en ait fini avec elle.

— Tu, tu...

Sa peau luisait et sa jolie poitrine se gonflait à chacune de ses respirations. Elle lui asséna un coup de poing dans la poitrine avec son index.

— Tu, tu...

— À court de mots, ma chère ?

Dante saisit le doigt de la jeune femme et le porta à ses lèvres pour lui donnant un doux baiser.

— Que dirais-tu de manger un peu ? Tous ces mensonges ont dû te donner faim.

Viola souffla une fois de plus et se détourna. Dante ne put s'empêcher de rire. Elle était trop amusante pour ne pas rentrer dans son jeu. Bon sang, c'était ce qu'il aimait chez une femme.

Isabella posa une main sur le bras de Viola.

— Venez, Madame Costa. Le cuisinier nous a préparé un bon repas.

Laissons les hommes parler.

Viola n'avait pas le choix. Elle ne pouvait pas permettre à Dante ou à son frère de contacter ses parents. S'ils le faisaient, ses parents la ramèneraient chez elle, malgré la menace qu'elle avait déjà proférée de provoquer un scandale. Lorsqu'ils seraient tous de retour à Florence, trop de temps se serait écoulé, et sa santé se serait détériorée au point qu'elle n'aurait plus la force de mettre sa menace à exécution. Et ses parents le savaient. Non, elle ne pouvait pas prendre le risque qu'un message leur soit envoyé. Elle devait les laisser croire qu'elle était en Suisse.

Si seulement elle avait réfléchi avant de parler, mais Dante avait immédiatement compris qu'elle admettait tacitement qu'elle séjournait à l'hôtel. Il l'avait battue à son propre jeu.

Elle allait devoir élaborer une stratégie pour regagner du terrain, mais d'abord, elle avait besoin de manger. Elle se sentait affamée. Son estomac grogna comme si on le lui ordonnait.

— Vous devez être affamée, dit Isabella en désignant une chaise en face de la sienne sur une grande table à manger.

Viola s'assit et rabattit la serviette sur ses genoux.

— Je ne sais pas trop pourquoi. J'ai déjà dîné.

— Pas ce soir. Vous avez dormi pendant presque vingt heures après que Dante vous a amenée...

Surprise, Viola la dévisagea.

— Je suis ici depuis hier ?

— Vous étiez inconsciente lorsque Dante vous a mise au lit. J'ose dire qu'il était très inquiet pour vous. Ce n'est pas son genre.

Un air perplexe se dessina sur le visage d'Isabella. C'était une femme d'une beauté stupéfiante, à la peau soyeuse, aux yeux verts envoûtants et aux longs cheveux noirs lâchés.

— Il n'a aucune raison de s'inquiéter pour moi. Je suis tout à fait capable de prendre soin de moi.

— Puisque vous abordez ce sujet, pourquoi avez-vous tenté de vous suicider ?

Viola serra la mâchoire. Elle ne s'attendait pas à ce que cette femme d'apparence agréable soit aussi directe.

— Personne dans cette maison ne semble avoir de tact.

Isabella fit un geste dédaigneux de la main.

— Oh, ça. C'est la faute de mon mari et de son frère. Leur comportement a tendance à déteindre sur les autres. Nous sommes une famille peu conventionnelle, c'est le moins qu'on puisse dire.

— Cela signifie-t-il que Dante kidnappe souvent des femmes sans méfiance ?

Elle plissa le nez et leva le menton d'un air blasé. Si la maîtresse de maison n'était pas capable de respecter le décorum, pourquoi devrait-elle le faire ? Elle n'était qu'une prisonnière, pas même une invitée.

— Quoi que vous vouliez savoir sur Dante, je suis sûre qu'il sera heureux de vous le dire. Mais ce n'est pas à moi de le faire.

Puis elle changea de sujet.

— Vous aimez le faisan ?

Viola mâcha soigneusement la viande divine et avala.

— Moyennement.

— Je demanderai au cuisinier de vous préparer autre chose demain si vous n'aimez pas la volaille.

— Je serai partie demain, ne vous inquiétez pas.

Ils ne pouvaient pas la surveiller chaque seconde du jour et de la nuit. Elle s'éclipserait bientôt lorsqu'ils baisseraient leur garde. Mais en attendant, elle prit une autre fourchette pleine de viande. Il n'y avait aucune raison de s'affamer.

— Vous faites des projets sans moi, Viola ? demanda Dante en s'approchant de la porte.

Comment avait-il réussi à les surprendre de la sorte ? Elle ne lui donna pas la satisfaction de lui montrer à quel point elle avait été surprise par son apparition et reprit une bouchée.

— Eh bien, mangez, ma douce, nous sortons. Je vous retrouve dans l'entrée dans cinq minutes.

Elle tourna la tête dans sa direction, mais il était déjà parti. Qu'est-ce qu'il comptait faire ?

9

Dante attendit Viola, sa longue cape noire passée sur ses épaules et celle de la jeune fille dans les mains. Il devait sortir de la maison. S'il restait plus longtemps sous la surveillance de son frère et de sa belle-sœur, il ne parviendrait jamais à embrasser la jeune fille et à commencer son éducation aux arts charnels.

Il était temps de lui rappeler ce qu'ils avaient fait la nuit précédente, pas lorsqu'il l'avait pénétrée sans grande préparation, mais lorsqu'ils s'étaient embrassés. S'il ne se trompait pas, elle avait bien aimé la partie des baisers.

Il perçut son odeur avant même qu'elle ne sorte de la salle à manger. Tout comme son sang avait eu un goût différent lorsqu'il l'avait léché sur sa tempe, son odeur avait quelque chose d'étranger. Quelque chose qui lui donnait envie de la protéger. Il ne comprenait pas ce sentiment étrange. Après tout, il était un débauché autoproclamé dont les seuls intérêts résidaient dans la fornication et l'ingestion de sang riche jusqu'à ce qu'il ressente le même genre d'euphorie que les drogues produiraient chez les humains.

Lorsqu'il posa les yeux sur Viola, qui arrivait d'un pas assuré dans le foyer, son instinct protecteur à son égard s'accrut encore. L'aura qu'il sentait autour d'elle semblait fragile et contrastait fortement avec la langue acérée qu'elle maniait si facilement contre lui. Cela ne le dérangeait pas, car il se battrait avec cette langue à n'importe quelle heure du jour — ou de la nuit.

Dante s'éclaircit la gorge et repoussa ses pensées dans les sombres recoins de son esprit débauché.

— Te voilà.

— Où allons-nous ? demanda-t-elle d'un ton sceptique.

Il fit un pas vers elle et attacha la cape autour de ses épaules avant de nouer le ruban sous sa gorge. Puis il pencha la tête pour lui chuchoter à l'oreille.

— Tu vas le découvrir.

Avant qu'elle ne puisse protester, il l'entraîna dans la nuit. Quelques minutes plus tôt, il avait réservé une gondole et un gondolier qui lui avait promis une promenade en douceur sur les canaux et un regard discret dans l'autre direction lorsque cela était nécessaire.

Dante aida Viola à monter dans la gondole et se serra sur la confortable banquette à dossier haut à côté d'elle. Elle était délicate, mais ses proportions massives faisaient qu'il n'y avait pas un centimètre d'espace entre eux.

Tandis que le gondolier s'éloignait et les faisait naviguer le long du canal, Dante s'installa confortablement et glissa son bras autour des épaules de Viola pour la serrer plus près de lui.

— Monsieur ! protesta-t-elle.

Il pencha la tête vers la sienne.

— Appelle-moi Dante. Je ne voudrais pas que tu cries *Monsieur* lorsque tu jouiras dans mes bras. Maintenant, profite de la balade.

Elle ne répondit pas, et il ne s'attendait pas à ce qu'elle le fasse. Pour l'instant, tout ce qu'il voulait, c'était qu'elle profite de la visite. Comme elle avait admis qu'elle logeait à l'hôtel, il savait qu'elle n'était pas originaire de Venise. Cela lui avait donné l'idée de l'emmener faire un petit tour le long des canaux pittoresques. Même de nuit, elle pourrait voir un grand nombre des magnifiques demeures et palais qui faisaient la renommée de la ville.

Tandis qu'il montrait les différents bâtiments et racontait de petites anecdotes sur leurs habitants, il sentit qu'elle se détendait à côté de lui. Du coin de l'œil, il remarqua qu'elle regardait plusieurs des impressionnantes demeures avec émerveillement, la bouche ouverte en signe d'admiration évidente. Éclairés à l'intérieur par d'imposants lustres, Dante et Viola entrevirent la grandeur des lieux.

— Magnifique, murmura-t-elle.

Dante était content de lui. Viola semblait apprécier la promenade en gondole. Cela faisait partie de son plan de lui montrer que la vie valait la peine d'être vécue, qu'il y avait de la beauté et de l'excitation tout autour d'elle.

Lorsqu'elle frissonna soudain à côté de lui, il la rapprocha.

— Tu as froid ?

Elle acquiesça et il prit ses mains croisées. Elles étaient glacées. Il se maudit. Ce n'était pas parce qu'il ne ressentait pas le froid aussi durement qu'un humain qu'il pouvait oublier son bien-être.

— Je suis désolé, Viola.

Il ouvrit sa propre cape.

— Non, tu auras froid alors, protesta-t-elle.

— Non, ne t'inquiète pas. Viens.

Avant qu'elle ne puisse protester, il la souleva dans ses bras et l'installa sur ses genoux. Il se recula sur le banc avant de refermer sa cape sur eux deux.

— Mais...

Il étouffa sa protestation en la pressant plus près de sa poitrine, gardant ses propres bras à l'intérieur de sa cape, à l'abri des regards indiscrets.

— Comme ça, nous serons tous les deux au chaud.

— Juste pour ça ? demanda-t-elle en relevant le menton en signe de défi.

— Il y a une deuxième raison.

— Laquelle ?

— Tu as aimé quand je t'ai embrassée hier soir ?

Elle baissa les paupières à sa question, mais ne dit rien.

— Veux-tu que je t'embrasse à nouveau ?

Un hochement de tête presque imperceptible fut la réponse.

L'excitation l'envahit. Il ne s'était pas trompé la veille. Il avait une nouvelle chance.

— Alors, relève la tête et offre-moi tes lèvres.

C'est ce qu'elle fit. Mais au lieu de lui voler un baiser passionné et exigeant, il repoussa sa faim pour elle et ne fit qu'effleurer ses lèvres. Elles étaient presque aussi gelées que ses mains. Il les mordilla, les caressant de sa langue brûlante pour tenter de les réchauffer.

Viola ferma les yeux et savoura la douceur du contact. Dante était différent de la veille, moins pressant, moins exigeant. Plus doux, plus tendre. Mais pas moins enivrant pour autant. Elle respira son parfum riche, un mélange d'eau de toilette musquée — la même qu'elle avait sentie dans son lit — et d'une profonde odeur de terre et de cuir.

Ses lèvres étaient timides contre elle, se contentant de l'effleurer, de la presser à peine. Un gémissement de frustration lui échappa. Elle voulait qu'il l'embrasse comme il l'avait fait la veille.

— Quelque chose ne va pas ? murmura-t-il contre ses lèvres.

— Non.

Elle ne pouvait pas vraiment lui dire ce qu'elle voulait. Au lieu de cela, elle posa ses mains sur sa chemise et tira pour le forcer à mettre plus de chaleur dans son baiser. Ne venait-elle pas de lui dire qu'elle avait froid ? Pensait-il que son petit baiser timide la réchaufferait ?

Lorsqu'elle pressa ses lèvres contre sa bouche, il poussa un gémissement de surprise. Soudain, il pencha la tête et poussa ses lèvres, demandant à y pénétrer avec sa langue. Dans un soupir de soulagement, elle écarta les lèvres et l'accueillit.

Sa main s'enfonça dans sa chemise pour le tenir près d'elle afin qu'il ne s'arrête pas trop tôt. En quelques secondes, son baiser était passé d'innocent à exigeant. Instantanément, elle sentit la chaleur monter dans son ventre et se répandre dans tout son corps, atteignant toutes ses cellules. Elle se détendit contre lui, fondit contre sa bouche et sa langue, s'ouvrit à lui pour qu'il puisse l'explorer plus en profondeur. Pendant ce temps, ses mains le caressèrent à travers sa chemise. Elle s'émerveilla de la dureté de son torse musclé et de la chaleur qui se dégageait de son corps. Elle avait envie de s'en imprégner et de se blottir dans sa chaleur et sa proximité.

Lorsque sa main remonta le long de son buste et atteignit le dessous de son sein, elle haleta dans sa bouche. Mais il ne s'arrêta pas. Au contraire, il augmenta l'intensité de son baiser, lui faisant oublier où elle se trouvait.

Sa main prit son sein et le pressa doucement. Elle glapit et s'éloigna de sa bouche.

— Non, pas ici. Les gens peuvent voir.

— Personne ne peut voir ce que je fais sous la cape, lui assura-t-il, et il lui prit à nouveau la bouche, étouffant sa future protestation.

Comme pour souligner son affirmation, il tira sur le corsage et parvint à libérer ses seins, laissant le tissu s'enrouler juste sous eux. C'était comme si ses seins étaient désormais posés sur une étagère qu'il pouvait utiliser à sa guise.

— Dante !

Elle essaya de lui dire que ce n'était pas décent, mais il l'embrassa à nouveau. À chaque baiser, elle était de moins en moins capable de lui résister. Son corps semblait fondre de plus en plus chaque seconde qu'il exerçait sur elle cette douce torture.

Lorsque sa main frôla son sein et effleura son mamelon, un éclair traversa son cœur. Il liquida tout sur son passage et laissa derrière lui une douleur inconnue. Viola se tortilla sous son contact, essayant d'apaiser le désir qu'il laissait derrière lui.

— Doucement, ma douce, roucoula-t-il en mordillant son cou de baisers, tandis que ses doigts taquinaient sa chair nue, transformant son mamelon en une pointe dure. Je te donnerai ce que tu veux.

Comment pouvait-il savoir ce qu'elle voulait alors qu'elle ne le savait pas elle-même ? Tout ce qu'elle savait, c'était qu'elle voulait qu'il ne cesse de la toucher. Aussi, lorsque sa main quitta ses seins pour descendre jusqu'à sa taille, elle protesta.

— Non. S'il te plaît. Je veux...

Sa main serra sa cuisse et la chaleur qui l'envahit lui fit oublier ses pensées.

— Je sais ce que tu veux.

C'était le cas ? Elle l'espérait, car elle était brûlante. Ses entrailles lui faisaient mal, l'endroit entre ses jambes palpitait d'un besoin désespéré. Son cœur battait frénétiquement et ses poumons brûlaient lorsqu'elle haletait.

Un instant plus tard, elle retint son souffle. La main de Dante descendit le long de sa jambe et se glissa sous ses jupes. La panique s'empara d'elle.

— Qu'est-ce que tu fais ?

— Je fais en sorte que tu te sentes bien.

Il lui mordit légèrement l'oreille. La piqûre la détourna du mouvement de sa main, mais seulement pour un instant.

Lorsque ses doigts atteignirent soudain le sommet de ses cuisses et se glissèrent sous sa culotte, elle haleta devant son audace.

— Dante, murmura-t-elle, moins pour protester que pour l'encourager, car ses doigts avaient atteint l'humidité rosée qui suintait d'elle.

Elle se crispa lorsqu'elle le sentit sonder sa fente, effrayée par la pénétration qui lui avait fait mal la nuit précédente. Elle se figea, s'arc-boutant contre la douleur, mais rien ne se produisit. Il avait arrêté ses doigts.

— Chut, lui souffla Dante à l'oreille. Je ne te pénètrerai pas. Je veux juste sentir ton humidité et te caresser.

Lentement, Viola se détendit contre sa main. Des émotions contradictoires envahissaient son esprit. Elle aurait dû le repousser, ne pas lui permettre une telle intimité. Pourtant, la nuit précédente, elle lui avait permis bien plus que cela. Elle n'avait pas la force de lui résister, car, tout comme la nuit précédente lorsqu'il l'avait embrassée, elle voulait plus de ce qu'il faisait maintenant.

N'était-ce pas pour cela qu'elle était venue à Venise ? Pour goûter aux plaisirs de la chair ? La perte de sa virginité la nuit précédente avait été désagréable, mais ce que Dante faisait avec ses doigts maintenant était plus qu'agréable. La caresse de ses doigts contre sa chair intime réchauffait davantage son corps et son cœur augmenta ses battements frénétiques.

— Tu aimes ça ?

La voix rauque de Dante déclencha une nouvelle vague de chaleur dans son corps.

Avant qu'elle ne puisse s'en empêcher, elle avoua :

— Oui.

— J'aime ça aussi. Tu es si lisse, si douce. Et puis...

Il remonta son doigt couvert de rosée, s'éloigna de ses plis jusqu'à un point situé juste en dessous de ses boucles.

— Et puis il y a ça.

Il frotta la chair sensible et la fit haleter.

— Oui, je crois que j'ai trouvé ce dont tu as besoin.

Alors qu'il faisait tournoyer son doigt autour du paquet de chair qui était plus sensible que n'importe quelle autre partie de son corps, celui-ci palpita encore plus fort que tout à l'heure. Elle sentit plus d'humidité suinter de son intimité. Sa tête retomba contre son épaule et elle laissa échapper un souffle rauque.

— Si réactive, la félicita-t-il avant de poursuivre son doux supplice.

Elle se sentait désarticulée dans ses bras. Ses cuisses s'écartèrent pour lui permettre d'accéder plus facilement à cet endroit spécial. Son grognement lui indiqua qu'il approuvait son geste.

Comme pour le remercier, sa caresse se fit plus pressante, la pression plus forte. Il se passa quelque chose. Son corps se tendit, à la fois par peur et par anticipation. Elle ne savait pas à quoi s'attendre. Viola ne savait qu'une chose.

— Ne t'arrêtes pas ! s'écria-t-elle.

Quelques secondes plus tard, son corps entra en éruption. La tension se transforma en vagues de plaisir et de joie inconnus, qui se répandirent en elle ondulation après ondulation. Derrière ses yeux, elle vit une explosion de lumière blanche si intense qu'elle crut mourir. C'était sa fin.

10

Pour la deuxième nuit consécutive, Dante transporta Viola dans sa maison. Alors qu'elle était inconsciente la nuit précédente, cette fois-ci, elle était simplement endormie. Après l'avoir emmené au nirvana dans la gondole, elle s'était effondrée contre sa poitrine et s'était endormie. Il ne pouvait que sourire en regardant son visage paisible. C'était la première fois qu'il la voyait complètement à l'aise et détendue. Et il aimait ce spectacle. Beaucoup.

Ses oreilles se dressèrent lorsqu'il entendit la voix de son frère. Mais cette fois, il savait qu'il ne serait pas dérangé, car la voix de Raphael provenait de sa chambre à coucher. Et sa femme était avec lui. Dante bénissait le fait que les deux tourtereaux ne pouvaient s'empêcher de rester collés un à l'autre. Pour les heures à venir, ils n'interféreraient pas avec ses plans.

Il monta tranquillement Viola dans sa chambre et la déposa sur son lit. Le tableau qui s'offrait à sa vue lui semblait parfait : sa robe bleu foncé contrastait avec le linge de lit blanc, et ses longs cheveux noirs s'étalaient en éventail autour de sa tête comme une auréole. Dante secoua la tête. Il s'attendrissait. Le fait qu'elle ait voulu se suicider juste après avoir quitté son lit avait écrasé son ego. Il ne la laisserait pas quitter sa présence tant que son ego ne serait pas reconstruit et aussi fort qu'avant : pour qu'il puisse agir comme un mur de pierre autour de son cœur.

Pendant qu'il la déshabillait, ses mains profitèrent de ses courbes luxuriantes, caressant, enveloppant, pressant tout ce qu'elle avait à offrir. Après ce qu'elle lui avait permis dans la gondole, il ne voyait rien de mal à cela. Lorsqu'il l'allongea finalement sur son lit, nue, il se déshabilla et la rejoignit.

Le feu dans la cheminée brûlait intensément et procurait une chaleur agréable. Il avait demandé à un serviteur de veiller à ce que sa chambre soit bien chauffée. Il voulait qu'elle soit à l'aise sans avoir besoin d'épaisses couvertures. Car ce qu'il avait en tête se faisait mieux en étant allongé dessus.

— Viola, lui murmura-t-il en déposant de petits baisers sur sa bouche.

Enfin, elle remua, ses paupières ne s'entrouvrant qu'un peu.

— Quoi ?

— Ta leçon sur les plaisirs de la chair n'est pas encore terminée.

Il était juste de la prévenir. Puis il descendit le long de son corps et posa ses mains sur ses cuisses avant de les écarter l'une de l'autre. Il s'installa dans l'espace qu'il s'était créé.

Viola se redressa.

— Quoi ?

Soudain réveillée, les yeux écarquillés, elle le dévisagea avec stupeur.

— Où sont mes vêtements ?

Elle tenta de se couvrir avec ses mains, mais il les repoussa.

— Tu te souviens que j'ai déjà tout vu ? Il n'est donc pas nécessaire de te couvrir. Maintenant, allonge-toi et profite.

Elle ouvrit la bouche, puis la referma, ses yeux cherchant son visage pendant un long moment. Il ne pouvait pas savoir ce qu'elle pensait, mais il se passait quelque chose dans sa jolie tête. Lorsqu'elle s'allongea enfin, il plongea sa bouche dans son sexe.

Il inspira profondément, voulant boire les saveurs alléchantes de son corps. Ses boucles chatouillaient sa bouche, il se déplaça plus bas jusqu'à ce que ses lèvres s'alignent sur sa fente humide. Il ne savait pas si elle était encore humide depuis qu'il l'avait fait jouir dans la gondole, ou parce qu'il l'avait déshabillée, mais elle était mouillée, son miel dégoulinant de sa fente.

Dante sentit ses muscles se tendre, comme si elle craignait qu'il ne la blesse. Mais il n'en avait pas l'intention. Tout ce qu'il voulait, c'était son plaisir à elle, simplement pour flatter son ego — c'était ce qu'il se disait.

Il sortit sa langue et lapa les plis humides de la jeune femme ; il en profita pour les séparer par la même occasion. Le jus abondant coula sur sa langue, enflammant ses papilles gustatives et mettant son corps en feu. Elle avait le goût d'un matin de printemps, frais et innocent.

— Oh !

Son exclamation haletante lui plut, et le fait qu'elle détende ses muscles en même temps confirma qu'elle voulait qu'il continue. De toute manière il n'avait pas l'intention de s'arrêter. La restauration de son ego était trop importante. Et puis, lécher sa délicieuse chatte le rendait aussi dur qu'une planche et plus raide qu'une brise matinale.

Elle n'avait aucune idée de l'effet que la délicieuse bouchée dont il se régalait avait sur lui, et il n'était pas prêt à le lui dire. Non, il n'avait jamais voulu donner à une femme un tel pouvoir sur lui. De toute façon, sa réaction à son égard n'était probablement que temporaire. La seule raison pour laquelle elle l'excitait ainsi était qu'elle avait blessé son ego et qu'il avait besoin de sa vénération. Une fois ce problème réglé, il ne serait plus tenté par elle.

Il avait eu des femmes plus expérimentées dans son lit, des femmes qui savaient comment donner du plaisir à un homme. Et il n'avait jamais dit non. Viola n'était pas ce genre de femme, et, même s'il lui apprenait, il était impossible qu'elle fasse les choses qu'il attendait d'une femme, surtout d'une femme qui voulait qu'il reste dans les parages pendant un certain temps.

Le doux gémissement de Viola parvint à ses oreilles et il augmenta la pression de sa langue sur sa chair tendre. Tout en avalant ses fluides, il fit glisser sa langue vers le haut, vers le petit paquet de chair qu'il avait taquiné avec ses doigts un peu plus tôt. Il avait été surpris de voir à quel point elle avait réagi à son contact et à quel point il avait été facile de trouver le bon rythme pour qu'elle atteigne si violemment l'orgasme. Il sentait encore les tremblements qui avaient secoué son corps. Et même maintenant, il sentit un frisson parcourir son propre corps à ce souvenir.

Sa perle était gonflée, plus encore que tout à l'heure. Lorsqu'il la prit dans sa bouche et y passa légèrement la langue, elle se tortilla sous son emprise en respirant à petits coups. Du coin de l'œil, il pouvait voir ses mains s'agripper aux draps, ses jointures presque blanches à cause de l'intensité avec laquelle elle semblait lutter contre les réactions de son corps.

Cela l'incita à redoubler d'efforts. D'une main, il l'écarta pour l'ouvrir plus complètement à lui. Avec un doigt de l'autre main, il taquina sa fente sans la pénétrer.

Ses hanches se balancèrent contre lui comme si elle voulait le forcer à entrer en elle. Mais il ne céda pas. Au contraire, sa langue se frotta à sa perle, le petit bouton désormais en pleine érection. Dante se déplaça entre ses jambes, ajustant sa propre queue qui frottait contre les draps. Il était enroulé comme un ressort tendu, prêt à se déclencher à la seconde près.

Cela ne lui était jamais arrivé, mais il aurait pu jouir rien qu'en léchant sa douce chatte. Il repoussa son désir et se concentra sur son corps. De nouveau, il attira le paquet de chair dodu dans sa bouche et le suça. Viola poussa un gémissement sonore et se cambra contre lui.

Une seconde plus tard, son corps se mit à convulser. Il glissa son doigt dans son canal au même instant et sentit ses muscles se contracter autour de lui alors que l'orgasme l'emportait. Il ne la relâcha que lorsque son corps se calma, ce qui sembla prendre une éternité. Il se glissa alors le long de son corps et la berça dans ses bras.

— Oh.

Il se retira et roula sur le côté en regardant le visage rougi de la jeune femme. Il s'aperçut qu'il aimait cette vue plus que de raison. Mais il n'avait pas oublié ses propres besoins. En fait, sa queue palpitait douloureusement. Lorsqu'il l'entoura de sa main et commença à la pomper, elle baissa son regard vers elle.

— Oui, regarde-moi, ma douce.

Les yeux qu'elle posait sur lui l'excitaient.

— Tu vois ce que tu me fais ? Tu me fais tellement bander que je ne peux pas me retenir.

La pression dans ses bourses augmentait, et sa main humectée par le miel de Viola montait et descendait rapidement le long de sa queue en la serrant aussi fort que si c'était sa chatte vierge. Son cœur se mit à battre frénétiquement et sa respiration devint saccadée. Mais ses respirations n'étaient pas les seules à remplir la pièce.

La respiration de Viola était identique à la sienne. Sa peau brillait sous l'effet de l'humidité qui s'accumulait sur son front et son cou, de minuscules ruisseaux commençant à couler le long de ses seins. Il regarda ces seins tout en continuant à se masturber. Lorsqu'un gémissement lui échappa, il releva son regard et observa son visage. Cette vision la bouleversa. Elle se lécha les lèvres, et sa langue rose sortit comme si elle voulait le goûter.

— Oh, mon Dieu, Viola.

Sa queue tressaillit et, une seconde plus tard, sa semence jaillit de sa queue, éclatant contre son ventre et sa propre peau. Il libéra encore et encore du sperme jusqu'à ce que son orgasme s'estompe et qu'il s'effondre sur le dos.

11

Viola était encore sous le charme après que Dante eut essuyé sa semence sur eux et l'eut attirée contre sa poitrine. Elle n'avait jamais vu un homme se toucher ainsi. Et par Dieu, elle avait aimé ce spectacle. Elle en avait eu l'eau à la bouche. Comme il l'avait fait avec elle. Elle n'avait jamais pensé qu'une telle chose était possible, qu'un homme pouvait mettre sa bouche sur une femme comme il l'avait fait.

Mais lorsqu'il l'avait fait, son cerveau s'était éteint et son corps n'avait fait que réagir à lui. La pensée du bonheur total dont son corps était capable la réjouissait et la désespérait à la fois. Maintenant qu'elle connaissait le vrai plaisir, comment ne pas désespérer du fait qu'elle allait bientôt mourir ? Elle poussa un petit soupir.

La poitrine de Dante bougea sous ses mains.

— Tu n'as pas aimé ?

Il glissa sa main sous son menton et lui fit relever la tête. Il semblait inquiet quand son regard se croisa avec le sien.

— Ça t'a dégoûté que je me touche ?

— Non, protesta-t-elle instantanément.

Rien n'était plus faux. Mais comment pouvait-elle lui dire que cela l'avait excitée alors qu'elle se sentait gênée par ses propres sentiments de débauche ?

— Je...

— Tu n'as pas à ménager mes sentiments. La prochaine fois, je m'en occuperai quand je serai seul.

Et la priver de la vue sensuelle de son corps en extase ?

— Pourquoi faire ça ?

Il lui lança un regard surpris.

— Les hommes ont besoin de se libérer, tout comme...

Elle posa son doigt sur ses lèvres pour l'arrêter lorsqu'elle réalisa qu'il avait mal compris sa question.

— Non, pourquoi voudrais-tu me cacher cela ? Tu n'aimes pas que je te regarde ?

Ses yeux changèrent instantanément. Ses iris bleus brillaient d'un éclat doré, mais c'était probablement la lueur du feu qui faisait briller ses yeux d'une si belle teinte.

— Tu as aimé me regarder ?

Viola fit un petit signe de tête.

— Cela t'a-t-il excité ?

Plus que tout.

— Oui.

Dante releva la tête et posa ses lèvres sur les siennes pour un doux baiser.

— J'aime quand tu me regardes. Savoir que tu m'as observé pendant que je me donnais du plaisir m'a rendu tellement excité.

Il marqua une pause et inspira brusquement.

— Je n'ai pas joui aussi fort depuis longtemps.

Le simple fait de penser à ce à quoi il avait ressemblé la rendit à nouveau brûlante. Sans réfléchir, elle abaissa sa main et la fit descendre le long de son torse. Elle sentit ses muscles se tendre sous elle tandis qu'elle poursuivait son chemin plus bas. Elle s'arrêta lorsqu'elle atteignit le nid de poils bouclés.

— S'il te plaît, marmonna Dante contre ses lèvres. Touche-moi.

Viola laissa sa main glisser plus bas et rencontra la chair dure qu'elle l'avait vu toucher plus tôt. Et elle était dure, aussi dure que lorsqu'il s'était touché lui-même. Juste après avoir joui, sa virilité avait quelque peu diminué de taille, mais maintenant, à peine quelques minutes plus tard, elle était à nouveau érection et aussi dure que du marbre.

Dante laissa échapper un souffle rauque.

— Viola.

Elle enroula sa petite main autour de lui, sans parvenir à l'entourer complètement.

— Pourquoi est-ce si dur ?

Il s'esclaffa.

— À cause de toi.

— Que veux-tu dire ?

Elle se mit en appui sur un coude tout en continuant à caresser son érection. Elle en aimait la sensation. Malgré sa dureté, sa surface était presque comme du velours, tellement elle était douce et lisse.

Il effleura son nez du doigt.

— Tu es dans mon lit, aussi nue que le jour de ta naissance, et tu sens si bon qu'aucun homme doté d'un quelconque battement de cœur ne pourrait s'empêcher de bander à ta vue. As-tu la moindre idée de la difficulté que j'éprouve à ne pas te mettre sous moi en ce moment même et à ne pas te baiser si fort que tu t'évanouirais ?

Bouleversée, elle ne put s'empêcher de tressaillir légèrement. Elle se souvenait de la douleur qu'elle avait ressentie lorsqu'il avait fait cela auparavant, et elle ne voulait pas que cela se reproduise.

DANTE FIXA ses yeux écarquillés et réalisa instantanément qu'il s'était laissé emporter. Il n'aurait jamais dû dire ce qu'il avait ressenti. Elle avait encore peur d'être à nouveau pénétrée, et il avait fait la pire des choses en avouant qu'il avait envie de la baiser et d'enfoncer sa queue dure en elle jusqu'à la garde.

— Oh, bon sang, jura-t-il. Viola, je suis désolé. Oublie ce que j'ai dit.

C'est à ce moment-là qu'il remarqua qu'elle avait relâché son emprise sur sa queue. Mais cela n'avait plus d'importance. Il ne voulait pas qu'elle ait peur de lui.

Elle baissa les yeux et les détourna de lui.

— Je comprends. Et pourquoi n'obtiendrais-tu pas ce que tu veux vraiment ? Tu as été un bon professeur. Tu m'as montré ce que je voulais savoir. Ce serait juste que je paie pour cela.

Sa voix se fissura.

— Arrête.

— Non, je te suis redevable. Et je ne suis pas du genre à ne pas payer mes dettes.

Elle se dégagea de son étreinte et s'allongea sur le dos.

— Vas-y. Fais ce que tu veux.

Dante sauta du lit et se précipita vers la cheminée, suffisamment loin d'elle pour résister à la tentation.

— Non, je ne le ferai pas

— Mais je sais que tu en as envie. Tu l'as dit toi-même. Je n'y vois pas d'inconvénient.

Cela ne la dérangeait pas ? Il passa la main dans ses cheveux en désordre.

— C'est justement ça. Je ne vais pas te baiser juste parce que tu n'y vois aucun inconvénient. Je veux te baiser parce que tu as envie que je sois en toi. Parce que tu me désires. Pas parce que ça ne te dérange pas.

Il cracha les mots, essayant de se débarrasser du goût amer qu'ils laissaient dans sa bouche.

Qu'est-ce qui n'allait pas chez lui ? Il n'avait jamais refusé une telle offre auparavant. Et sa queue était plus dure que jamais. Même son offre tiède n'avait pas réussi à le faire dégonfler. Pourtant, il se tenait là, nu comme un bébé et excité comme un marin, le refus jaillissant de ses lèvres. Quelqu'un aurait dû le punir pour sa stupidité.

Et puisqu'il en était déjà à sa propre stupidité, pourquoi diable ne l'avait-il pas encore mordue ? Il avait eu de nombreuses occasions de prendre son sang sans même utiliser son pouvoir de persuasion. Pourtant, il ne l'avait pas fait.

Comme un animal de compagnie docile, il l'avait cajolée et s'était occupé de ses besoins au lieu de s'occuper des siens. Est-ce que c'était ce qui arrivait aux hommes quand les femmes piétinaient leur ego ?

Dante serra les poings avec l'envie de donner un coup de pied à quelqu'un. Il sentit sa mâchoire se crisper et réalisa avec horreur que son côté vampire voulait se manifester. La démangeaison qui accompagnait toujours l'allongement de ses crocs se propageait déjà.

Paniqué, il chercha ses vêtements. Alors qu'il se dirigeait vers eux et les arrachait du sol, il entendit la voix hésitante de Viola depuis le lit.

— Ai-je fait quelque chose de mal ?

Il ne regarda pas dans sa direction, de peur de se délecter de son corps et de succomber à la tentation de la prendre de la manière la plus sauvage qui soit. Et alors, il ne serait pas plus avancé qu'avant. Elle ne parviendrait jamais à flatter son ego et à le reconstruire s'il lui faisait du mal maintenant.

— Dors. Je reviendrai plus tard.

Il restait encore plusieurs heures dans la nuit. Après avoir donné à ses serviteurs l'ordre de ne pas laisser Viola quitter la maison, il s'enfonça dans la nuit pour chasser. Il avait besoin de sang, et plus il y en aurait, mieux ce serait. Ce n'était que lorsque sa soif de sang serait apaisée qu'il se permettrait de rentrer chez lui. Il serait alors plus à même de contrôler ses pulsions charnelles. Car les déchaîner sur Viola et la blesser n'apaiserait pas son besoin d'être pardonné.

Pardonné ? Ce ne fut que lorsque ce mot lui vint à l'esprit qu'il se rendit compte que la culpabilité l'animait — la culpabilité parce qu'il *l'avait* poussée à mettre le pistolet sur sa tempe et à appuyer sur la gâchette.

C'est à ce moment-là qu'il comprit que ses actes et ses sentiments n'avaient rien à voir avec son ego. Ils avaient à voir avec le fait qu'il lui avait sauvé la vie, même si c'était lui qui l'avait poussée à se l'ôter.

La préserver était désormais sa mission.

12

Viola se réveilla avec un mal de tête abominable. Si elle avait été seule, elle aurait gémi de douleur, mais elle se retrouvait bercée dans les bras de Dante. Il était habillé et dormait. Le feu avait brûlé, mais les braises rougeoyaient encore, réchauffant suffisamment la pièce.

Ne voulant pas alerter Dante sur son état, elle fit ce qu'elle faisait toujours pour essayer de faire disparaître la douleur : elle inspira et expira et s'imagina dans une prairie paisible. Elle ralentit sa respiration et essaya de se concentrer uniquement sur l'image qu'elle avait en tête, mais, cette fois-ci, l'image ne venait pas. Elle ne voyait que Dante : sa façon de la toucher dans la gondole, sa façon d'approcher sa bouche de son sexe et de la lécher jusqu'à ce qu'elle hurle son plaisir. Dante, Dante, Dante. Comme un chant, son nom résonnait dans sa tête.

Au lieu de ralentir sa respiration, elle l'accéléra. Au lieu que son corps retombe dans un sommeil paisible où la douleur n'existait pas, elle sentit sa peau chauffer et son estomac se serrer de besoin. Celui d'être touchée. Par Dante.

Elle ne pensait plus à sa tête douloureuse. Tout ce qui existait maintenant, c'était son corps près du sien. Viola saisit sa main et l'approcha de son sein nu. Le contact de la peau sur la peau l'apaisa, mais ce n'était pas suffisant. Elle avait besoin qu'il la caresse, qu'il taquine ses mamelons comme il l'avait fait auparavant. De presser ses seins et de faire disparaître la douleur.

Lorsqu'elle mit sa main sur la sienne et la serra, resserrant ainsi sa main sur son sein, il s'agita. Un marmonnement incohérent s'échappa de ses lèvres, mais il ne se réveilla pas. Elle soupira de frustration. Cela ne marcherait pas.

Elle regarda sa forme détendue, son visage presque doux et paisible dans son sommeil. Et sa virilité — la dureté qu'elle avait sentie sous ses doigts la nuit précédente — ne semblait pas être là. Le bourrelet sous le tissu était plus petit. Viola l'enveloppa de sa paume et sentit la chaleur qui s'en dégageait. Lorsqu'elle le pressa doucement, Dante s'agita soudain.

Elle leva les yeux vers son visage juste au moment où il les ouvrit, un air effrayé traversant son visage.

— Bonjour, murmura-t-elle.

— Si tu ne retires pas ta main de sa position actuelle, je ne peux pas te garantir ce qui se lèvera ce matin, à part le soleil.

Il lui lança un regard entendu. Mais au lieu de retirer sa main, elle le serra à nouveau. Quelque chose dans ses yeux lui disait qu'elle n'avait pas pris ses paroles pour une menace.

— Et si je ne le fais pas ? le taquina-t-elle, soudain beaucoup plus sûre d'elle, car, sous sa main, elle le sentait déjà gonfler.

Visiblement il n'avait pas menti la veille en lui disant que sa présence dans son lit l'excitait.

— Que veux-tu ?

Sa voix était plus grave maintenant, et elle reconnut le grondement qu'elle contenait comme de l'excitation. La même excitation qui la poussait maintenant à caresser la longueur dure de sa virilité.

— Plus.

— Tu veux plus de ce que nous avons fait la nuit dernière ?

— Oui, mais cette fois-ci...

Elle hésita, ne sachant comment formuler sa demande.

— Cette fois-ci ? demanda Dante.
— Je veux aussi te toucher.
— Viola, tu vas me tuer.
Elle n'allait pas être violente, il devait le savoir.
— Je ne te ferai pas de mal. J'ai vu comment tu l'as fait toi-même. Je peux faire...
Il soupira.
— Ce n'est pas ce que je voulais dire. Je sais que tu ne me feras pas de mal. Mais tu vas me faire perdre tout contrôle si je te laisse me toucher. Tu ne vois pas ? Comment puis-je te montrer les plaisirs de la chair alors que je ne peux pas me contrôler ?
Elle ne comprit pas en quoi c'était différent de ce qu'il lui avait fait.
— Mais je perds le contrôle quand tu me touches. Ce n'est pas juste si je ne peux pas faire la même chose.
Dante secoua la tête et soupira.
— Je suppose que je ne peux pas argumenter avec ça, n'est-ce pas ?
— Est-ce que c'est un oui ?
L'excitation la parcourut lorsqu'il acquiesça. Elle allait pouvoir toucher son beau corps, pomper sa verge dure dans sa paume et le faire s'abandonner à elle de la même façon qu'elle s'était abandonnée dans ses bras lorsqu'il l'avait couverte de ses caresses. Elle se lécha les lèvres par anticipation.

Dante regarda les lèvres entrouvertes de Viola et sentit son cœur s'arrêter. Elle voulait le toucher, non pas parce qu'il l'avait incitée à le faire ou qu'il l'avait embrassée sans raison, mais parce que... eh bien, pourquoi voulait-elle le faire ? Pourquoi voulait-elle caresser l'instrument qui l'avait fait souffrir il y a deux nuits ?

Mais les mains avides qui ouvraient maintenant sa culotte et sortaient sa queue en pleine érection de ses entraves témoignaient suffisamment qu'elle voulait lui donner le plaisir de son toucher. Et il était trop loin pour l'en empêcher. Au moment où sa douce paume l'enveloppa, il ferma les yeux et laissa échapper un profond gémissement. Rien ne pouvait être plus agréable que ses mains sur lui.

— Est-ce que tout va bien ? demanda-t-elle d'une voix hésitante.

— Si ça va bien ? s'écria-t-il, la gorge soudain aussi sèche que du papier de verre. C'est parfait.

Après cela, il perdit l'usage de la parole et ne put que grogner son approbation à la tendresse de la jeune femme.

Viola avait un don pour la magie. Du moins, c'était ainsi que Dante le percevait. Sa main était à la fois ferme et douce. Elle pompait sa queue avec maîtrise, exerçant la bonne pression et la bonne vitesse, variant entre des coups longs et des coups courts, alternant des pressions fortes, puis faisant simplement courir ses doigts le long de la verge. Il aimait tout ce qu'elle faisait.

Chaque caresse le poussait un peu plus vers la folie, car c'était bien de cela qu'il s'agissait. C'était insensé de la laisser lui donner du plaisir comme ça alors qu'il savait que cela ne mènerait finalement qu'à une seule chose : qu'il plonge sa queue dans ses doux plis. Ce n'était pas ce qu'elle attendait de lui. Elle voulait de la douceur, des caresses et de la succion, des baisers et du léchage. Et il lui donnerait cela, mais quand elle caressait sa queue comme ça, il ne pensait qu'à ce qu'il ressentirait si sa chatte se pressait autour de lui comme ça.

— Oh, mon Dieu, Viola, je vais jouir ! cria-t-il au moment où la pression dans ses bourses s'accrut.

Puis son corps se mit à se débattre contre elle. Sa semence jaillit dans l'air et se répandit sur sa main ainsi que sur sa chemise et sa culotte. Mais elle ne lâcha pas prise. Elle continua à le pomper jusqu'à ce que les derniers spasmes disparaissent.

Avec ses dernières forces, il l'attira contre sa poitrine et déposa un baiser dans ses cheveux.

— Merci.

Il la serra fort contre lui, ne voulant pas lâcher la femme merveilleuse qu'il tenait dans ses bras. Elle se moula à lui si naturellement qu'il avait du mal à voir où il finissait et où elle commençait.

— J'ai aimé ça.

La voix de Viola lui réchauffa le cœur.

— Pas autant que moi.

Il gloussa et sentit un large sourire se dessiner sur son visage. Qui n'avait jamais dit que les vierges étaient inutiles au lit ? Il s'avérait que cette presque-vierge était une bien meilleure élève qu'il n'était professeur.

13

— Nous ne pouvons pas faire ça, protesta Viola en rougissant.
— Bien sûr qu'on peut. Ils ne le sauront même pas.

Au cours des trois derniers jours et nuits, Dante avait à peine quitté la maison pour se nourrir, tant il était attiré par le temps passé avec Viola, de plus en plus insatiable. Depuis qu'il l'avait initiée aux sensations dont son corps était capable, elle semblait ne plus pouvoir s'en passer. C'était comme si elle essayait d'absorber tout cela et de le conserver pour les périodes de vaches maigres.

Les deux seules choses qu'il n'avait pas faites étaient de la baiser vraiment ou de la laisser le sucer. Dans le premier cas, il craignait de la faire fuir, et, dans le second, il n'aurait jamais pu contrôler la réaction de son corps. De plus, il n'avait aucune raison de penser qu'elle avait envie de le sucer. Cependant, comme elle semblait vouloir en savoir plus sur le sexe, il avait décidé de lui montrer ce que faisaient les autres. Puisque cela l'excitait de le regarder se caresser, peut-être qu'elle aimerait regarder un autre couple.

— Viens, je pense que tu aimeras ça. Il peut être très excitant de regarder quelqu'un faire l'amour.

Il remarqua que ses joues s'empourpraient encore plus. Lorsqu'elle tenta de baisser les cils pour échapper à son regard, il posa son menton sur sa paume et l'obligea à le regarder.

— Je vais te toucher pendant que tu regardes.

Ses lèvres s'écartèrent et sa langue rose apparut avant d'humidifier ses lèvres. Il se rendit compte que son pouls s'accélérait. Puis elle hocha lentement la tête.

— Mais aussi, je veux te toucher.

Dante sourit et embrassa son joli nez.

— J'espère bien.

D'aussi loin qu'il s'en souvienne, il n'avait jamais été d'aussi bonne humeur. D'une certaine manière, Viola faisait ressortir son côté plus léger.

Peu de temps après, après lui avoir indiqué ce qu'elle devait porter — ou ne pas porter, d'ailleurs — il la prit par la main. Pieds nus, ils se faufilèrent dans l'une des petites pièces de rangement situées à côté de la chambre de son frère. Il y a des années, Dante avait découvert que le miroir au-dessus de la cheminée de Raphael était translucide de l'autre côté, permettant à quiconque le savait de l'espionner. Dante ne l'avait découvert qu'en cherchant un vieux livre dans la pièce. Et il savait que personne d'autre n'y avait accès, car il en gardait l'unique clé.

En règle générale il n'espionnerait pas son propre frère. Cela ne l'intéressait pas, mais Viola pourrait être titillée et cela se ferait dans un environnement sûr.

Lorsqu'ils pénétrèrent dans la pièce, Dante ferma la porte derrière eux pour ne pas être dérangé. Il remarqua que le regard de Viola s'arrêtait sur les oreillers posés sur la plate-forme de bois surélevée qui avait été initialement construite pour le stockage.

Dante s'était assuré que l'endroit était propre et avait étalé suffisamment d'oreillers pour que tous deux puissent s'y installer confortablement tout en observant Raphael et sa femme.

Lorsque Viola ouvrit la bouche pour dire quelque chose, Dante posa son doigt sur ses lèvres.

— Chut, il faut se taire. Mon frère a une ouïe exceptionnellement fine.

C'était le cas de tous les vampires.

Il la conduisit sur les quatre marches qui menaient à la plate-forme et écarta un rideau noir sur le mur auquel elle faisait face. Le miroir qui se trouvait derrière était une fenêtre donnant sur la chambre de Raphael, où son frère déshabillait Isabella.

— Oh ! haleta Viola en se retournant, embarrassée.

— Ils ne peuvent pas nous voir, lui assura Dante.

Hésitante, elle fit demi-tour et regarda à travers la vitre. Dante ne regardait pas ce qui se passait dans la chambre de Raphael. Il regardait plutôt Viola. Il lui avait dit de ne porter qu'un corset, des bas et des jarretelles, et une robe de chambre par-dessus. Et la robe de chambre n'était là que pour que personne ne la voie à moitié nue lorsqu'ils avaient traversé le couloir.

Il ne portait qu'une robe de chambre sans le moindre vêtement en dessous. Sa queue était au garde-à-vous, et pourtant, il ne l'avait même pas libérée de son peignoir et il n'avait pas encore admiré le corps de Viola à peine vêtu. Il allait s'en occuper tout de suite.

Viola s'assit, repliant ses jambes sous elle, les yeux rivés sur l'action dans l'autre pièce. Dante jeta un rapide coup d'œil dans la même direction et vit comment Raphael étendait Isabella nue sur le lit tandis qu'il se tenait au bord de celui-ci, nu et dur.

Dante posa ses mains sur les épaules de Viola et tira sur le peignoir. Sans se faire prier, elle défit la ceinture. Il était sûr qu'elle ne savait pas ce qu'elle faisait, tant elle était hypnotisée par le spectacle qui s'offrait à elle.

Dante la débarrassa de son peignoir. Le corset qu'il lui avait donné à porter n'était qu'un demi-corset : il allait du haut de ses poils pubiens jusqu'à la naissance de ses seins, les présentant comme sur un plateau. Pour lui. Le porte-jarretelles noir assorti avait des bandes de dentelle qui descendaient le long de ses délicieuses fesses. Les bandes maintenaient ses bas en place.

Il posa ses mains sur les hanches de Viola et la souleva sur ses genoux afin de pouvoir admirer son séduisant cul en forme de cœur. Ses mains descendirent pour la caresser et un doux gémissement s'échappa de ses lèvres.

Il balaya ses longs cheveux sur le côté, découvrant son cou pâle.

Sans hâte, il caressa de ses doigts la veine charnue qui palpitait sous sa peau soyeuse. Ses lèvres voulaient goûter et descendirent sur sa chair. Il accueillit les tremblements de Viola avec une pure satisfaction masculine. Savoir que son contact l'excitait le rendit encore plus dur qu'il ne l'était déjà.

— Chuchote-moi ce que tu vois.
— Je ne peux pas.

Il embrassa son cou, attirant brièvement la peau douce dans sa bouche. Puis il glissa sa main jusqu'à son cul tentant et caressa ses fesses parfaites. Elle répondit par une respiration saccadée.

— S'il te plaît, dis-moi ce que tu vois.

Il sentit son cœur battre frénétiquement.

— Il lui écarte les jambes. Largement.

Sa voix était basse, plus rauque qu'il ne l'avait jamais entendue.

— Je veux que tu écartes aussi les jambes, ordonna-t-il.

Elle écarta les genoux. Instantanément, l'arôme de son excitation devint plus fort, taquinant ses narines de la manière la plus séduisante qui soit. Sa main se glissa entre ses cuisses et se tendit vers l'avant.

— Il est entre ses jambes, et il... il lui rentre dedans. Oh mon Dieu !

Dante fit glisser son doigt le long de ses plis trempés, s'enduisant de sa riche crème. Puis il tendit la main vers l'avant et encercla sa perle. Elle gémit, son corps recommençant à trembler.

— Il fait des allers-retours, et elle, elle... aime ça.

Il y avait de la confusion dans sa voix, comme si Viola ne s'était pas attendue à la réaction d'Isabella au contact de son mari.

Dante retira sa main de sa perle et taquina sa fente humide avec ses doigts, glissant le long de la chair chaude en de longs et lents mouvements, se baignant dans son miel.

— Oui, elle aime que la queue dure de son mari soit en elle, qu'elle la remplisse, qu'elle étire son canal serré.

En voulait-elle plus ? L'encourageait-elle ?

Il sentit Viola hocher la tête.

— Oui, elle s'accroche à ses hanches. Elle le tire vers elle. Elle veut plus. Plus profond. Plus fort.

Chaque mot fut prononcé dans un souffle. Le corps de Viola bougeait en rythme contre sa main.

— Plus profond, plus fort, scandait-elle.

À ses mots, Dante perdit son contrôle. Sans réfléchir, il glissa son doigt au plus profond d'elle. Elle se débattit contre lui, comme si elle en voulait plus. Un « plus profond » murmuré le fit sursauter, mais il s'exécuta. Il retira son doigt et plongea à nouveau à l'intérieur. Son canal était encore plus étroit qu'il ne l'avait imaginé et infiniment plus tentant que tout ce qu'on lui avait offert.

Dante la pénétra encore et encore, tandis que son autre main saisissait un sein et pinçait son mamelon dur.

Viola cria et rejeta la tête en arrière.

— Encore plus. Oui, elle adore sa queue.

On aurait dit qu'elle délirait.

— Elle veut être remplie. Étirée.

Il comprit alors. Elle prétendait être quelqu'un d'autre pour pouvoir exiger ce qu'elle voulait.

— Est-ce qu'elle veut sa queue en elle ? demanda-t-il en retenant son souffle.

Voudrait-elle sa queue ?

Viola haleta fortement. Son pouls s'accéléra.

— Elle veut que sa grosse queue la remplisse.

— Est-elle sûre que ce soit ce qu'elle veut ? Sa queue en elle ?

Dante continuait à faire entrer et sortir son doigt, augmentant le rythme, ne voulant pas qu'elle sorte de son état de transe. Il l'étira pour la préparer à l'invasion de sa queue.

— Oui.

À sa réponse, Dante la poussa vers l'avant et l'enfonça dans les oreillers. Puis il retira son doigt de sa chatte et lui écarta les jambes. La vue de son beau cul rond et incliné lui offrit une vue parfaite sur ses pétales luisants, et le priva presque de son contrôle. Il arracha son peignoir de son corps et s'installa entre ses cuisses, sa queue tendue et prête.

— Maintenant, murmura-t-elle. Elle a besoin de sa queue maintenant.

Elle était étalée devant lui pour son plaisir. Il ne pouvait plus attendre. Dante poussa sa queue en avant, écartant ses plis humides.

— Encore.

— Tout, marmonna-t-il. Je te donnerai tout.

Puis, lentement, sans hâte, il s'enfonça en elle. Son canal s'étira, l'accueillit, mais le serra en même temps comme un gant. Voilà à quoi ressemblait le paradis.

Lorsqu'il la pénétra jusqu'aux bourses, elle haleta. Il arrêta ses mouvements et attendit sa réaction.

Viola tourna la tête et lui rendit son regard.

— Dante, ce fut tout ce qu'elle dit, mais à la façon dont elle le dit, le souffle court, les lèvres brillantes, les joues rouges, il sut que tout irait bien.

Ses yeux le confirmèrent. Le désir qu'ils contenaient était indéniable.

— Viola, ma douce.

Il s'enfonça en elle, et pendant quelques secondes angoissantes, il crut qu'il allait se répandre instantanément. Mais il ne pouvait pas le permettre, parce qu'il avait besoin de plus d'elle qu'une simple partie de jambes en l'air. Il avait besoin de la regarder dans les yeux et de l'embrasser, de savoir qu'elle le voyait, qu'elle savait que c'était lui qui lui faisait l'amour.

Dante se retira d'elle, ignorant son soupir déçu, et la fit rouler sur le dos avant de s'enfoncer à nouveau en elle.

— J'ai besoin de te voir.

Ne lui laissant pas une seconde de répit, il embrassa ses lèvres rouges et pencha la tête pour mieux la saisir. Elle lui répondit en caressant sa langue contre la sienne, l'invitant à pénétrer dans la délicieuse caverne de sa bouche.

14

Le baiser de Dante la ramena à la réalité, et pour une fois, la réalité était plus belle que son fantasme. Ce n'était pas comme l'accouplement qu'elle avait vécu avec lui cette première nuit dans l'auberge miteuse où il l'avait emmenée. Ce n'était pas non plus comme ce qu'ils avaient fait ces trois derniers jours, les attouchements, les baisers, les caresses. C'était tout, et plus encore.

Cette fois, Viola ne ressentit aucune douleur. Son corps l'acceptait, l'humidité qui suintait déjà de son canal lui permettait d'entrer facilement malgré sa taille impressionnante. Il avait pris son temps, avançant lentement, comme s'il était prêt à se retirer dès qu'elle exprimerait une inquiétude. Mais c'était parfait.

La plénitude qu'elle ressentait et qui faisait vibrer toutes ses terminaisons nerveuses était différente de ce que son corps ressentait lorsqu'il la touchait avec sa bouche et ses doigts. Sa queue en elle lui donnait un sentiment de plénitude. Elle ne pouvait pas le décrire autrement. Et elle en voulait encore.

Lorsque Dante rompit le baiser, elle lui jeta un regard étonné.

— Quelque chose ne va pas ?

Il lui adressa le sourire le plus diabolique qu'elle ait jamais vu.

— Non, garde les yeux ouverts. Je veux que tu voies à qui tu fais l'amour.

L'insistance de sa voix la surprit et l'amena à le regarder d'un autre œil. Quelque chose avait-il changé entre eux ? Soudain, il semblait être plus que le précepteur qu'il était devenu. Maintenant, c'était simplement un homme dont les yeux lui disaient qu'il avait l'intention de prendre son propre plaisir sans se retenir — et sans la laisser derrière lui.

Un frisson parcourut son corps à la promesse sous-jacente dans son regard. Elle ne pouvait pas se détacher de ce spectacle. Lorsqu'elle enfouit ses mains dans ses cheveux et l'attira vers elle pour l'embrasser à nouveau, il commença à s'enfoncer en elle à un rythme lent et régulier. Sa langue l'explorait au même rythme, s'enfonçant puis se retirant, imitant l'action de sa queue.

À chaque mouvement, la température de son corps augmenta. Son front et sa nuque se couvrirent de sueur. Son cœur battait frénétiquement, plus vite et plus irrégulièrement qu'il ne l'avait jamais fait auparavant, comme s'il courait vers une ligne d'arrivée.

Son utérus se resserra, et elle était certaine que sa queue atteignait cette profondeur à chaque poussée. Elle fit onduler ses hanches, voulant augmenter la pression, se heurtant à son corps tandis qu'il plongeait en elle. Un gémissement s'échappa de ses lèvres lorsqu'il les arracha de sa bouche.

— Oh, mon Dieu, Viola, tu vas me priver de mon contrôle.

Mais il ne ralentit pas et n'adoucit pas ses mouvements. Au contraire, ils s'accélérèrent. Leurs hanches tournèrent l'une contre l'autre, plus fort à chaque fois, faisant bourdonner son corps et picoter sa perle d'excitation. Elle connaissait maintenant les signes de son corps. Dante lui avait bien appris. Elle savait que la tension qui montait maintenant dans son sexe, la chaleur qui parcourait son corps lorsqu'il la remplissait et l'étirait, était la même sensation qu'elle éprouvait chaque fois qu'il léchait ou touchait son centre de plaisir.

— Oh, oui, Dante, oui, s'il te plaît, encore.

Et il lui en donna plus. Il la chevaucha plus fort, la prit avec plus de force, l'étirant plus loin qu'elle ne pensait que son corps était capable de le faire. Avec ses lèvres, il fit de même : il s'empara de sa bouche comme s'il était un conquérant désireux de s'approprier un nouveau continent. Ses mains caressèrent tout ce qu'elles pouvaient atteindre : son visage, ses seins, son cou. Comme s'il ne pouvait se passer d'elle, tout comme elle ne pouvait se passer de lui.

Les cheveux de Dante étaient mouillés par la sueur, des ruisseaux d'humidité coulaient le long de son cou et de son torse, la baignant dans cette humidité, ses seins glissaient contre lui, ses mamelons sensibles et durs brûlant à son contact. Rien n'avait jamais été aussi bon.

— Oui, oh, oui, s'écria-t-il, avant de déposer des baisers à bouche ouverte le long de son cou. Tu es trop douce. Trop.

Elle sentit ses dents effleurer sa peau, la sensation étrange la fit trembler de désir. Elle pencha la tête, espérant qu'il répéterait l'action, et de nouveau, ses dents effleurèrent sa peau.

Dante mordit la peau sensible du cou de Viola et sentit la veine pulpeuse palpiter en dessous. Tout son corps était enroulé comme un ressort tendu, lui hurlant de prendre son sang. Et sa façon de pencher la tête sur le côté pour lui donner un meilleur accès rendit la résistance encore plus difficile. Mais il devait résister.

S'il la buvait, il devrait utiliser son pouvoir de persuasion pour effacer sa mémoire afin qu'elle ne s'en souvienne pas — et c'était la dernière chose qu'il voulait. Il voulait que Viola se souvienne de chaque seconde de leurs ébats. Il voulait que rien ne soit oublié. Pendant des jours, ils s'étaient donné du plaisir en s'embrassant et en se caressant. Maintenant, enfin, alors qu'il était au plus profond de son corps divin, il ne pouvait se débarrasser de ces sensations pour étancher sa soif de sang. Il avait besoin d'éprouver son premier orgasme en elle, et il avait besoin qu'elle soit à ses côtés, qu'elle sente le moment où sa semence se répandrait en elle.

Dante repoussa son désir de sang et embrassa son cou, inhalant son parfum enivrant. Sa queue entra et sortit de son corps à longs coups de reins, s'enfonçant chaque fois plus profondément. Son canal était si délicieusement serré qu'il ne se souvenait plus pourquoi il avait toujours été contre l'idée de baiser des vierges. Elle était lisse et chaude, et ses réponses étaient si honnêtes et réelles qu'il savait qu'aucune autre femme qu'il avait eue dans son lit n'avait jamais réagi de la sorte. Aucune femme ne s'était jamais ouverte à lui comme Viola l'avait fait. Comme elle le faisait maintenant.

Il décolla ses lèvres de son cou et la regarda. Ses yeux étaient dilatés par la passion, sa peau rougissait. Elle était le plus beau spectacle qu'il avait jamais vu.

— Vole avec moi, murmura-t-il contre ses lèvres, et il poussa ses hanches contre elle, enfonçant sa queue plus profondément.

Puis il prit ses lèvres et y déversa tout ce qu'il avait dans ce baiser. Chaque once de passion, de désir et d'affection qu'il ressentait pour elle. Sa main se glissa entre leurs deux corps et descendit jusqu'à son triangle de boucles, où ses doigts se posèrent sur sa perle. Un gémissement qui s'échappait de ses lèvres lui indiqua qu'il avait trouvé le bon endroit.

— Oui, jouis avec moi. Maintenant.

Il frotta contre son bouton engorgé et enfonça sa queue profondément en elle. Ses muscles l'étreignirent comme jamais auparavant, se contractant, puis se relâchant. Il sentit physiquement les ondulations qui traversaient son corps et se laissa aller. Une seconde plus tard, il la rejoignit dans son orgasme, projetant de chauds jets de semence dans sa chatte accueillante jusqu'à ce qu'elle l'ait asséché jusqu'à la dernière goutte.

Sans quitter son corps chaud, il roula sur le côté, la gardant dans ses bras, serrée contre sa poitrine.

— Je n'ai jamais rien ressenti d'aussi parfait.

Il se surprit à prononcer ces mots. Il n'avait jamais été du genre à avouer ses sentiments à une femme.

Son souffle caressa son cou et il se rendit compte qu'il aimait beaucoup cette sensation, alors que d'habitude, après l'amour, il préférait une certaine distance.

— J'ai beaucoup aimé.

Ses mots lui réchauffèrent le cœur. Et ceux qu'elle prononça ensuite firent battre son cœur encore plus vite.

— On peut recommencer ?

— Donne-moi dix minutes, et nous pourrons faire tout ce que tu veux.

Et tout ce que Dante voulait aussi. Viola sous lui, Viola sur lui, Viola devant lui. Viola, Viola. Jusqu'à ce qu'il soit ivre de son parfum et de son goût.

15

Malgré la merveilleuse nuit qu'elle avait passée avec Dante, Viola se réveilla avec un mal de tête foudroyant. Ne voulant pas l'inquiéter avec sa douleur, elle se faufila hors du lit et prit l'une des pilules de son sac. Le médecin les lui avait données, mais il avait dit qu'elles n'étaient pas efficaces longtemps. Une fois que la douleur serait trop forte, les pilules n'auraient plus d'effet.

Sachant qu'il faudrait un certain temps avant que les médicaments ne fassent effet, elle descendit dans le salon en robe de chambre. La maison était silencieuse. Même les domestiques ne semblaient pas réveillés. C'était une maison étrange, elle devait bien l'admettre. Pour commencer, personne ne se levait avant le milieu de l'après-midi, sauf peut-être Isabella à l'occasion, mais ni Raphael ni Dante ne quittaient jamais le lit plus tôt.

Il était également étrange que les deux hommes ne se joignissent jamais à elles pour les repas. Ils semblaient toujours avoir d'autres projets. Cela ne semblait pas déranger Isabella, et elle n'avait jamais remarqué qu'elle se plaignait à son mari qu'il ne dîne pas avec elle. Cependant, Isabella était toujours heureuse que Viola la rejoigne dans la salle à manger. Et, compte tenu de l'activité physique à laquelle

Dante et elle se livraient la plupart du temps la nuit, Viola était toujours affamée.

On ne savait pas très bien ce que Dante ou Raphael faisaient pour gagner leur vie. Mais ils semblaient tous deux ridiculement riches. Le fait qu'ils partagent une maison était donc très curieux.

Une nouvelle vague de douleur interrompit son processus de réflexion et la fit s'agripper au canapé. Elle parvint à s'asseoir avant que la douleur ne la fasse tomber à genoux. Elle ferma les yeux, soulagée que, même pendant la journée, les serviteurs gardaient les stores tirés, ne laissant entrer qu'un minimum de lumière dans la maison. Si elle avait trouvé cela étrange au début, elle en était maintenant reconnaissante, car la lumière semblait aggraver ses maux de tête.

Viola s'adossa aux oreillers et inspira et expira lentement. Qu'il s'agisse de sa respiration ou de l'effet de la pilule qu'elle avait avalée, la douleur s'estompa et se réduisit à une douleur sourde qui, sans être agréable, était supportable. Cela lui permit de laisser son esprit dériver vers Dante.

Elle avait eu la chance de le rencontrer. Malgré la douleur initiale qu'il lui avait causée — elle avait compris que cela aurait été le cas avec n'importe quel homme — elle n'aurait pas pu trouver un meilleur amant pour l'initier aux merveilleux plaisirs que les hommes et les femmes pouvaient s'offrir mutuellement. Au début, elle avait été gênée par la réaction de son corps et par ce qu'elle lui avait permis de faire. Mais, compte tenu de sa situation unique, elle avait mis ces pensées de côté.

Elle n'avait rien à perdre. Rien d'important pour elle en tout cas. Sa réputation ne signifiait rien. Ce n'était pas comme si elle avait une longue vie devant elle pour regretter la perte de sa virginité ou la vie de débauche qu'elle menait : partager la maison et le lit d'un étranger qui, même si elle vivait, ne lui proposerait jamais de l'épouser. Pas quand elle était vierge, et certainement pas maintenant après tout ce qu'elle avait fait. Aucun homme ne voudrait d'une femme souillée comme elle — pas pour une épouse en tout cas.

Viola secoua la tête, essayant de chasser ces pensées stupides. Elle ne devrait pas penser au mariage et à toutes les choses qui l'accompagnent alors qu'elle savait qu'il était hors de sa portée. Elle devrait être reconnaissante : au moins, elle avait connu le vrai bonheur dans les bras d'un homme, un homme si passionné que ses genoux faiblissaient et que son cœur battait la chamade chaque fois qu'il posait sur elle ce regard lubrique qui lui disait qu'il voulait la dévorer toute crue.

Pendant quelques jours encore, elle profiterait de ce qu'il lui donnait si librement. Elle s'en imprégnait et se laissait bercer par les sensations que Dante faisait naître en elle. Mais elle savait que cela ne pouvait pas durer. Elle sentait déjà la douleur dans sa tête s'intensifier. Peut-être la fin arrivait-elle plus tôt que son médecin ne l'avait prévu. Son plan pour mettre fin à ses jours avant qu'elle ne soit incapable de prendre le contrôle de son propre corps était toujours d'actualité. Elle le mettrait à exécution lorsqu'elle saurait que l'inévitable était imminent.

DANTE SE RETOURNA dans les draps, ses mains se tendirent autour de lui pour attirer Viola dans ses bras. Mais le lit était vide. Il ouvrit les yeux, frappé subitement par un sentiment de déception. Après avoir fait l'expérience du sexe le plus incroyable de sa vie dans les bras de Viola, il voulait que ces bras l'entourent à nouveau. Tout de suite. Immédiatement. Sa faim pour elle était encore plus forte que sa soif de sang. Et comme il n'avait pas mangé depuis deux nuits et qu'il était proche de la famine, c'était une révélation pour lui.

Il roula sur le dos et se contenta de fixer le plafond. Qu'est-ce qui lui arrivait ? Il n'avait jamais été le genre d'homme à passer nuit après nuit avec la même femme. Il aimait la variété. Il aimait toutes sortes de femmes différentes.

Après la nuit dernière, il savait que son ego était fermement remis en place, et la culpabilité qui l'avait assailli pour l'avoir blessée la première fois avait été effacée par la déclaration enthousiaste de Viola qui voulait recommencer. Et ils l'avaient fait à nouveau. Et encore. Et encore, jusqu'à ce qu'il ait perdu le compte. Et à chaque fois, elle l'avait regardé avec ses yeux pétillants et avait souri comme un chaton qui venait de découvrir un bol infini de lait chaud.

Sa poitrine se gonfla à l'idée que c'était lui qui avait fait naître ce sourire sur son beau visage. Dante sourit. Il voulait recommencer, parce qu'il ne se lassait pas de la voir sourire. Étrangement, cette pensée ne lui donna pas envie de se mettre à l'abri comme quand le soleil était sur le point de se lever. Peut-être que passer plus d'une nuit avec la même femme n'était pas aussi mauvais qu'il l'avait toujours pensé. D'une part, il connaissait si bien son corps qu'il pouvait l'amener au plaisir chaque fois qu'il s'y mettait, ce qui était souvent le cas.

Peut-être que son frère Raphael avait eu la bonne idée de s'installer et d'épouser une femme qui lui convenait. Il semblait heureux, et d'après ce que Dante avait brièvement vu dans le miroir la nuit précédente, leur vie sexuelle était toujours active, malgré la familiarité qu'ils devaient ressentir à présent. Il n'y avait jamais pensé auparavant. Enfin, ce genre d'idées était de toute façon prématuré. Peut-être que son engouement pour Viola se dissiperait rapidement maintenant qu'il l'avait enfin baisée à fond.

Oui, à fond. Et c'était peut-être exactement la raison pour laquelle il avait envie d'elle à nouveau maintenant : son corps avait eu envie de sexe et en voulait plus. Il était presque sûr que c'était la raison. Presque.

Dante se leva et se lava rapidement avant de s'habiller et de descendre les escaliers, les narines agitées par l'odeur de Viola. Il la trouva dans le salon, étendue sur le sofa, les yeux fermés. Les légers mouvements de sa poitrine indiquaient qu'elle dormait.

Il se laissa tomber sur le canapé et la prit dans ses bras en la soulevant sur ses genoux. Elle remua, mais il se contenta de l'installer contre sa poitrine et de lui caresser le dos de la main. Elle marmonna quelque chose dans son sommeil, mais il n'eut pas le cœur de la réveiller. Elle avait l'air si paisible et satisfaite. Il ferma les yeux et se détendit. Avec Viola dans ses bras, tout semblait aller mieux.

16

— Vous êtes sûrs de ne pas vouloir vous joindre à nous ? demanda Isabella, tandis que Raphael lui passait sa cape noire sur les épaules et lui tendait une paire de longs gants.

Son frère avait enfin compris que Dante n'avait que l'intérêt de Viola à l'esprit. Et s'il interprétait correctement les sourires occasionnels de Raphael, il était satisfait de l'évolution de leur relation. Raphael l'avait dit la veille.

« *Si je ne te connaissais pas mieux, je dirais que tu es totalement amoureux d'elle.* »

Dante s'était contenté de renifler et de refuser de répondre à la question implicite de son frère.

— Nous sommes sûrs.

Dante était maintenant assis dans son fauteuil préféré, devant la cheminée, et ce qui rendait la situation encore plus confortable, c'était le fait que Viola se blottissait contre lui, assise sur ses genoux. Pourquoi voudrait-il sortir alors qu'il avait tout ce qu'il voulait ici ?

— Amusez-vous bien. J'emmènerai Viola danser un autre soir.

Lorsque la porte d'entrée se referma enfin derrière eux, il regarda les joues roses et les lèvres rouges de Viola, mourant d'envie d'y goûter.

— Tu ne veux pas partir, n'est-ce pas ?

Elle secoua ses longs cheveux qui tombaient en cascade sur ses épaules nues. Elle portait une robe décolletée qu'il avait commandée à la hâte. Elle n'avait pas apporté beaucoup de vêtements, et la robe bleue qu'elle portait lorsqu'il l'avait rencontrée commençait à être froissée et sale. De plus, il aimait la voir dans des vêtements qui révélaient plus de peau que sa propre robe.

Depuis une semaine, ils s'étaient installés dans une routine confortable et, à la surprise de Dante, il ne s'ennuyait toujours pas avec elle. Au contraire, plus il passait de temps avec elle, plus il avait envie de sa compagnie.

— Je préfère être ici avec toi.

Elle marqua une pause.

— Seuls.

À son ton suggestif, sa queue tressaillit d'impatience. Il connaissait ce ton rauque et ce qu'il impliquait. Et il était plus que prêt pour ce qu'elle avait en tête.

— Je suis ton esclave.

Elle s'esclaffa.

— Tu ne le penses pas.

Dante toucha son nez du doigt.

— Je le pense vraiment. Tu es la maîtresse de mon corps et de mon c...

Cœur, avait-il failli lâcher. Même si c'était pour plaisanter, il ne pouvait se permettre de dire une chose pareille.

Comme Viola était une jeune femme douce, elle ne l'interpella pas et n'exigea pas qu'il se déclare. Au lieu de cela, elle déposa un doux baiser sur ses lèvres et se laissa glisser de ses genoux.

— Ne pars pas, supplia-t-il.

Elle retrouva son sourire, la malice scintillant dans ses yeux.

— Je ne vais nulle part.

Elle se laissa tomber sur le sol entre ses jambes, écartant ses genoux pour pouvoir se rapprocher.

Quand son regard tomba sur son entrejambe, il faillit s'étouffer. Elle ne l'avait jamais sucé. Il ne l'avait jamais exigé, jamais demandé malgré tout ce qu'ils avaient fait dans et hors du lit. D'une certaine manière, il avait toujours senti qu'elle n'était pas prête pour cela. Pourtant, elle semblait prête maintenant.

— Tu veux le faire ?

Elle acquiesça.

— Ici ?

Un autre signe de tête.

— Maintenant ?

Sa queue se pressait contre sa culotte, attendant désespérément d'être libérée de ses entraves. Il arracha le premier bouton. Mais sa main l'arrêta.

— Laisse-moi faire.

Dante laissa tomber sa tête contre le dossier de son fauteuil et expira.

— Pourquoi maintenant ?

Il avait l'impression d'être mort et d'être monté au ciel.

— Je veux te donner quelque chose que tu n'as jamais demandé.

Il passa sa paume sur son visage et fit glisser son pouce sur ses lèvres.

— Tu sais que tu n'es pas obligée de faire ça.

Mais il en avait envie. Mon Dieu, comme il voulait sentir ses lèvres autour de sa queue.

Viola ouvrit les boutons restants et libéra sa verge dure.

— Tu es magnifique.

Son souffle murmura contre sa peau nue, la caressant, la taquinant. Il la regarda enrouler sa petite main autour de lui et se déplaça sur son siège pour baisser davantage sa culotte, lui donnant ainsi un meilleur accès non seulement à sa queue, mais aussi à ses bourses. Elle l'aida à descendre le tissu jusqu'à ses chevilles pour qu'il puisse écarter les cuisses et s'ouvrir à elle.

Lorsqu'elle se rapprocha et se pencha sur son sexe, il laissa échapper un gémissement.

Elle s'esclaffa.

— Je n'ai même pas commencé.

— Je sais, ma douce, mais tu n'as aucune idée de ce que le pouvoir de suggestion peut faire à un homme. Si tu ne me prends pas bientôt dans ta belle bouche, je vais jouir sans même que tu ne me touches.

— Il ne faut pas que ça arrive.

Un instant plus tard, après avoir murmuré sa réponse, Dante entra au paradis. Au lieu d'un premier coup de langue timide contre sa queue, comme il s'y attendait, Viola referma ses lèvres autour de lui et glissa sur toute sa longueur, le capturant dans sa chaleur et sa moiteur. Son gémissement rebondit contre sa chair sensible, faisant écho au sien. Sa main l'entoura autour de la base, tandis qu'elle s'appuyait sur sa cuisse avec l'autre.

Dante prit sa tête dans ses paumes et la stabilisa doucement, sans la guider. Il voulait qu'elle le suce comme elle l'entendait : lentement ou rapidement, peu lui importait. Il savait déjà qu'il ne tiendrait pas longtemps. Son corps brûlait comme s'il avait pénétré dans les rayons du soleil, mais c'était un feu agréable. Un feu qu'il n'avait jamais ressenti auparavant. Un feu qui réchauffait, qui cajolait, qui réconfortait. Pas le feu qui détruisait, mais le feu qui nourrissait.

Il reconnaissait que c'était Viola qui attisait ce feu en lui et qui allumait cette flamme : avec sa langue qui léchait de haut en bas sa verge, ses lèvres qui suçaient fort, ses doigts qui montaient et descendaient en même temps que sa bouche. Elle lui donnait de la douceur et de la chaleur. Quant au désir qu'il ressentait pour elle ? Il savait maintenant qu'il ne ferait que croître avec le temps au lieu de diminuer. Il ne pourrait jamais la laisser partir.

— Viola, s'écria-t-il. J'ai besoin de toi.

Peu importe qu'elle soit jeune et inexpérimentée. Tout ce qui comptait, c'était que, dans ses bras, il se sentait entier.

Dante regarda son visage. Elle avait les yeux fermés, comme si elle aimait vraiment ce qu'elle lui faisait. Il ne pouvait s'arracher à la vue de sa queue disparaissant entre ses lèvres rouges, puis réapparaissant lorsqu'elle se retirait.

— Je ne me suis jamais senti aussi bien.

Pour toute autre femme, ces mots auraient été prononcés comme un encouragement à le sucer plus fort, mais tout ce qu'il voulait dire à Viola, c'était qu'elle le mettait à genoux. Lorsqu'elle déplaça sa main et attrapa ses bourses aussi délicatement que possible, il prit une profonde inspiration, sachant que ce serait la dernière avant que son orgasme ne l'envahisse.

— Je jouis, râla-t-il en essayant de se retirer de sa bouche.

À sa grande surprise, elle garda sa bouche fermement logée autour de lui. Il explosa en elle et la sentit avaler sa semence. Pas une seule goutte ne coula de ses lèvres.

Dès qu'il eut retrouvé son souffle, il l'attira sur ses genoux, couvrit ses lèvres gonflées avec les siennes et plongea sa langue dans la sienne pour lui montrer à quel point cela comptait pour lui. Il était à bout de souffle lorsqu'il la relâcha.

Dante posa son front contre le sien, essayant de ralentir son cœur qui battait la chamade, mais il n'y parvenait pas. Trop d'excitation circulait dans ses veines, trop de prises de conscience le frappaient d'un seul coup.

— Viola ?

— Dante.

Son nom roula sur ses lèvres comme une caresse.

Tout ce qu'il voulait dire disparut. Une seule pensée l'emporta.

— Épouse-moi.

17

Viola se détacha de ses genoux, les yeux écarquillés par le choc, comme s'il avait dit quelque chose de vraiment effrayant. La bouche ouverte, elle recula de quelques pas, le bras tendu comme pour essayer de le repousser. Le faisait-elle ?

— Viola, grogna-t-il en remontant son pantalon et en se levant de sa chaise.

— Non, je t'en prie. Je ne crois pas que... tu ne peux pas...

— Dante, te voilà.

En entendant cette voix, Dante se retourna et vit son ami Lorenzo entrer dans la pièce. Lorsque le regard de Lorenzo se posa sur lui, puis sur Viola, il s'inclina brièvement.

— J'espère que je ne vous dérange pas.

Dante le vit inspirer et savait qu'à présent, il avait perçu l'odeur du sexe dans l'air. Elle flottait encore dans la pièce. Quand les yeux de Lorenzo s'intéressèrent à la question, Dante lui lança un regard d'avertissement. La suggestion lascive qui était clairement sur les lèvres de son ami s'éteignit instantanément.

Il avait au moins évité un désastre, parce que son ami suggérant qu'ils partageaient Viola pour une heure de plaisir sans limites n'allait pas se produire. Oui, Lorenzo et lui avaient partagé beaucoup de femmes — et de toutes les façons possibles — mais il était hors de question qu'il laisse un autre homme mettre ses pattes sur Viola. Pas même son meilleur ami.

Dante se racla la gorge. L'interruption de Lorenzo ne pouvait pas tomber plus mal. Il avait demandé Viola en mariage, ce qu'il pensait ne jamais faire jusqu'à ce que les mots s'échappent de ses lèvres. Et d'après son apparence, elle ne croyait pas qu'il était sérieux. Mais il l'était.

— Lorenzo, je vois que tu arrives encore à convaincre mes serviteurs de te laisser entrer, même quand je suis occupé à des choses plus importantes.

Lorenzo s'approcha en souriant.

— Si je ne le faisais pas, je te verrais rarement. Où étais-tu toute la semaine ? Personne ne t'a vu.

Dante jeta un coup d'œil à Viola, qui se tenait devant la cheminée, l'expression vide. Il la regarda longuement.

— J'étais occupé par des choses plus importantes.

Il s'arrêta et la regarda dans les yeux.

— Des choses bien plus importantes.

L'air se piqua de tension entre eux. Rompant le contact avec elle, il tourna la tête vers son ami, dont le visage était coloré par la surprise.

— Puis-je te présenter Madame Costa ? Viola, voici mon ami Lorenzo.

— Enchanté, répondit Lorenzo en s'inclinant en direction de Viola.

— Monsieur, lui dit-elle poliment.

— Maintenant que tu t'es assuré que je vais bien, j'aimerais...

Lorenzo leva la main.

— Même si je respecte ta vie privée, tu dois d'abord m'écouter. Quelque chose se prépare dans la ville.

Dante haussa un sourcil.

— Se prépare ?

Pour une fois, il n'avait pas envie de se mêler de ce qui se passait en dehors de ses quatre murs.

— Nico est venu me voir il y a une heure. Apparemment, tu as énervé un homme qui crie au meurtre. Quelque chose à propos du fait que tu lui as volé une femme.

Lorenzo le dépassa pour regarder Viola.

— On ne peut pas vraiment le blâmer.

Dante n'avait pas besoin d'être devin pour savoir qui pouvait bien lui en vouloir.

— Je suppose que tu fais référence à un homme nommé Salvatore.

Il entendit le souffle court de Viola derrière lui.

— C'est lui.

— Il n'est pas une menace pour moi.

— Et pour elle ?

Dante prit une grande inspiration.

— Viola est sous ma protection. Elle ne quittera pas cette maison sans moi.

Il l'entendit haleter derrière lui et se retourna. Ses yeux étaient écarquillés, mais ce n'était plus du choc. C'était de l'incrédulité.

— Je suis toujours ta prisonnière ? Je pensais que...

— Tu la retiens captive ? demanda Lorenzo avant que Dante ne puisse apaiser les inquiétudes de Viola.

— Ne t'en mêle pas, Lorenzo. Et en plus, ce n'est pas vrai.

— Comment as-tu pu ?

Sa voix était basse, essoufflée. Des larmes qu'elle tentait de retenir bordaient ses yeux tandis qu'elle le dépassait en trombe pour se diriger vers la porte.

Il n'essaya pas de l'en empêcher, mais il ne voulut pas abandonner le sujet.

— Tu ne m'as pas encore donné de réponse, Viola, et j'aurai cette réponse. Nous parlerons quand Lorenzo sera parti.

Elle ne répondit pas à ses paroles et sortit de la pièce. Il l'écouta monter les escaliers avant de se retourner vers son ami.

— Une réponse à quoi ?

— Depuis quand es-tu devenu une commère ?

— Depuis que tu as commencé à agir bizarrement, rétorqua Lorenzo.

— Je n'agis pas bizarrement.

— Bien sûr. Et je soupçonne que la fille a quelque chose à voir avec ça. Depuis quand se préoccupe-t-on de ce que pense une pute ?

Plus vite qu'un clignement d'œil, Dante saisit Lorenzo par le col et montra ses crocs.

— Ce n'est pas une pute ! C'est la femme que je vais épouser !

L'expression stupéfaite sur le visage de Lorenzo fut presque une compensation pour Dante pour l'interruption grossière — presque, mais pas tout à fait. Il laissa tomber sa prise.

— Toi ? D'abord, ton frère, maintenant toi. Qu'est-ce qu'il y a dans le sang que vous buvez ? Parce que je vais certainement éviter cette source comme la peste. Vous devez tous fous ?

— Je t'assure que je me sens très bien. Maintenant, si tu veux bien m'excuser, je vais parler à Viola et obtenir sa réponse.

— Tu veux dire qu'elle n'a pas accepté ?

— Pas encore, corrigea Dante.

Pas encore. Parce qu'il n'y avait aucune raison pour qu'elle ne veuille pas de lui. Ils avaient passé une semaine incroyable ensemble, se donnant l'un à l'autre un plaisir indicible. Pourquoi ne continuerait-elle pas à le faire sous la protection de son mariage ? Pourquoi ne voudrait-elle pas de la sécurité que le mariage lui apporterait ?

Certes, le fait qu'il soit un vampire jouerait contre lui, mais elle n'en savait rien. De toute évidence, cela ne pouvait pas être la raison de son objection.

— Bonne chance à toi. Cependant, j'aimerais attirer ton attention sur ce Salvatore. Je suggère d'étouffer la situation dans l'œuf et d'écarter toute menace avant qu'elle ne s'aggrave.

Dante se passa les doigts dans les cheveux et soupira.

— Qu'est-ce que tu suggères ?

Viola fourra sa robe dans la sacoche et tira sur le cordon. Elle ne savait pas ce que Dante avait fait de son pistolet, mais cela n'avait pas d'importance. Elle s'en procurerait un nouveau sous peu. Tout ce qui comptait maintenant, c'était de sortir de sa maison et de s'éloigner de lui.

Il voulait l'épouser. Comment avait-il pu lui faire ça ? Comment pouvait-il lui faire miroiter ce rêve alors qu'elle ne pourrait jamais le réaliser, alors qu'elle savait qu'elle serait morte dans quelques semaines ? Viola soupira. Elle ne devait pas lui en vouloir. Après tout, elle avait gardé ses maux de tête secrets, s'assurant qu'il n'ait jamais aucune raison de croire qu'elle n'allait pas bien.

Épouse-moi. Les mots résonnaient dans son esprit, caressant son cœur. Ils la soulevèrent sur un nuage de bonheur temporaire pour la faire atterrir en catastrophe quelques secondes plus tard. Il n'avait pas dit qu'il l'aimait, mais cela se lisait dans ses yeux. Malgré le fait que son orgasme l'avait saisi quelques instants auparavant, elle avait reconnu que son offre de mariage était sincère. Il ne s'agissait pas simplement d'un effet secondaire de son état drogué par la luxure. Ses yeux s'étaient ouverts et elle avait regardé dans son âme.

Un sanglot s'échappa de sa poitrine.

Non, elle ne pouvait pas se permettre de se complaire dans ces rêves de ce qui pourrait être si seulement elle était en bonne santé, si seulement elle n'était pas en train de mourir. Cela ne ferait qu'accroître la douleur, pour lui comme pour elle. Si elle le quittait maintenant, au moins, elle ne lui briserait pas le cœur. Il serait en colère et déçu, mais son amour pour elle n'était pas encore assez profond pour lui briser le cœur. Mais si elle lui permettait de l'épouser, il la verrait dépérir au cours des prochaines semaines.

Elle ne voulait pas le blesser comme ça. Il avait trop fait pour elle. Elle ne lui rendrait pas la pareille en lui infligeant de la douleur.

L'explication qu'il avait donnée à son ami Lorenzo, à savoir qu'elle ne serait pas autorisée à quitter la maison toute seule, lui avait donné l'excuse dont elle avait besoin pour le repousser. Ce serait plus facile de partir. Il ne la poursuivrait pas si elle l'insultait en insistant sur le fait qu'il l'emprisonnait. Sa fierté serait blessée, son ego meurtri, parce qu'il croyait — à juste titre — qu'elle restait maintenant de son plein gré.

Elle avait peut-être été la prisonnière de Dante la première nuit, et peut-être même la seconde, mais après cela, le choix de rester lui avait appartenu. Ils n'en avaient jamais parlé, mais elle ne l'avait jamais entendu dire aux domestiques, à son frère ou à sa belle-sœur qu'elle n'avait pas le droit de partir.

Viola regretta que tout se termine si tôt. Elle jeta un dernier regard sur le lit qu'ils avaient partagé pendant une semaine, et son corps se souvint instantanément du plaisir qu'il lui avait donné, de la tendresse dont il l'avait comblée. Aujourd'hui encore, son utérus se crispait et elle avait désespérément besoin de son contact. D'un dernier baiser. Mais elle ne pouvait pas s'y risquer. Si elle lui permettait ne serait-ce qu'un dernier baiser, une dernière étreinte, elle ne le quitterait jamais.

Les larmes lui piquaient les yeux, mais elle pleura en silence. Aucun son ne franchit ses lèvres lorsqu'elle descendit les escaliers, ses chaussures dans les mains pour ne pas faire de bruit. Arrivée sur le palier, elle s'arrêta et écouta. Dante et Lorenzo étaient encore dans le salon. La porte était entrouverte et elle n'entendit que leurs voix étouffées.

Aussi silencieuse qu'un rat d'église, elle atteignit la lourde porte d'entrée en chêne et posa la main sur la poignée. Viola retint son souffle alors qu'elle appuyait sur la poignée.

18

Dante entendit le bruit sourd de la porte d'entrée qui se refermait et se leva de son fauteuil. Sans un regard pour Lorenzo, il s'élança dans le couloir et ouvrit la porte d'un coup sec. Ses yeux s'adaptèrent instantanément à l'obscurité et il scruta la ruelle mal éclairée.

Viola eut le temps d'arriver jusqu'à l'angle de la cinquième maison avant qu'il ne la rattrape et la prenne dans ses bras.

— Non, laisse-moi partir.

Sa lutte serait inutile. Il ne la laisserait pas partir. Il savait qu'elle avait des sentiments pour lui. Il n'en connaissait pas la profondeur, mais il sentait qu'elle n'était pas indifférente à son égard. Alors pourquoi ne voulait-elle pas l'épouser ?

— Je ne peux pas te laisser partir, Viola.

Elle se débattit contre son emprise, et il relâcha la pression pour ne pas la blesser, mais sans lâcher prise.

— S'il te plaît, supplia-t-elle, les yeux remplis de larmes.

— Je t'aime.

Il fit un acte de foi en prononçant les mots suivants.

— Et je sais que tu m'aimes aussi. Alors, pourquoi me quitter ?

Elle leva le menton, son regard se heurta au sien. Ses lèvres tremblaient, mais elle les écarta néanmoins. Son doux souffle lui parvint, et il en respira davantage.

— Cela ne marchera jamais. S'il te plaît, laisse-moi partir.

Il secoua la tête et serra la mâchoire. Elle lui cachait quelque chose, il le sentait. Il ne put réprimer une pulsion de jalousie.

— Il y a quelqu'un d'autre ?

— Non !

Sa protestation fut instantanée et véhémente.

— S'il te plaît, Dante, si tu m'aimes vraiment, vous devez me laisser partir.

— Pourquoi ? Dis-moi pourquoi.

Sa voix rebondit sur les murs des bâtiments voisins.

Viola baissa la tête et les épaules en même temps. Elle était vaincue, mais il ne ressentait aucune joie, car, sans son esprit, elle n'était plus la même.

Sa voix était calme et posée lorsqu'elle répondit enfin.

— Parce que je suis mourante, Dante. J'ai une tumeur au cerveau. Dans quelques semaines, je serai morte. C'est pourquoi je ne peux pas me marier avec toi.

Il relâcha son emprise sur elle, affaibli par le choc de sa révélation. Elle se dégagea de son emprise, séparant son corps du sien. C'était comme si un souffle d'air froid l'avait frappé. Pendant un instant, il se sentit étourdi et confus. Puis son sang afflua à son cerveau, et ses tempes se mirent à battre.

Maintenant, il comprenait. L'odeur et le goût étrangers de son sang indiquaient qu'elle était malade. C'était la façon dont son corps lui indiquait. Et il ne l'avait pas reconnu. Mais il avait senti qu'il devait la protéger, qu'elle était vulnérable. Il ne réalisait que maintenant à quel point elle était vulnérable. Mais il ne voulait pas qu'elle le repousse à cause de cela.

— C'est la seule raison pour laquelle tu ne veux pas m'épouser ?

Le pas qu'il était prêt à franchir exigeait qu'il soit sûr des sentiments de la jeune femme. Si elle ne l'aimait pas...

— N'est-ce pas suffisant ? murmura-t-elle.

Dante la transperça du regard.

— Dis-moi la vérité. M'aimes-tu ?

Un sanglot lui échappa, mais il l'entendit au milieu du sanglot.

— Oui, plus que je ne le voudrais.

Son cœur se réjouit.

— Es-tu prête à passer le reste de ta vie avec moi ?

— Dante, ne me torture pas.

— Réponds, Viola.

— Oui, je veux passer mes dernières semaines avec toi.

Il secoua la tête.

— Ce n'est pas ce que j'ai demandé. J'ai demandé l'éternité.

— Je n'ai pas l'éternité, Dante. Tu ne comprends pas ? Je l'ai accepté. Vraiment, je l'ai fait. Mais si j'avais l'éternité, il n'y a personne d'autre dans ce monde avec qui je préférerais la passer.

Dante hocha la tête.

— C'est tout ce que j'avais besoin de savoir.

Elle serait à lui. Maintenant qu'il savait qu'elle l'aimait, tout s'arrangerait. Il lui révélerait ce qu'il était : un vampire, une créature de la nuit, une créature immortelle. Et il pourrait la rendre immortelle elle aussi, en la transformant en l'un des leurs. Toute maladie dont elle souffrirait disparaîtrait lorsqu'il la viderait de son sang et la nourrirait du sien. Elle serait aussi indestructible que lui. Et elle vivrait. Et serait sa femme. Pour toujours.

— Viens, rentrons à la maison, et je te raconterai notre vie ensemble. Tu...

— Attention, Dante ! hurla Lorenzo derrière lui.

Les choses se passèrent trop vite pour que les yeux de Viola, baignés de larmes, puissent tout saisir. Lorenzo avait suivi Dante depuis la maison, mais il y avait aussi une autre ombre, qui avait surgi d'une entrée. Elle le reconnut instantanément. Salvatore — l'homme qui aurait couché avec elle si Dante n'était pas intervenu.

Le clair de lune était suffisant pour qu'elle puisse voir qu'il était armé d'un pistolet, un pistolet qu'il pointait sur Dante à présent. Elle ne le permettrait pas. Elle avait accepté sa propre mort, mais elle ne pouvait laisser périr l'homme qu'elle aimait. Sans plus réfléchir, elle bondit devant Dante alors qu'un coup de feu retentissait.

Elle sentit à peine la douleur lorsque la balle pénétra dans son dos. C'était une simple piqûre d'épingle, un picotement. C'était peut-être ça, la mort : toute douleur disparaissait. D'autres cris dans la ruelle parvinrent à ses oreilles, s'entrechoquant tandis que d'autres personnes accouraient. Mais tout ce qu'elle sentit, c'était Dante. Son corps fort qui la tenait. Sa voix dans son oreille :

— Oh, mon Dieu, non !

D'autres voix, celle de Lorenzo.

— Emmène-la dans la maison.

Des pas, des gens qui couraient, des voix qui résonnaient dans la ruelle — son esprit ne pouvait pas assimiler tout ce qui se passait.

— Je l'ai, il est mort.

Raphael sembla surgir de nulle part. Quand était-il revenu du bal ?

— ... a pris la balle.

Des fragments lui parvinrent.

— Tiens bon, mon amour.

La voix réconfortante de Dante à nouveau.

— ... tant de sang. Elle ne s'en sortira pas, entendit-elle Isabella s'écrier.

Puis la voix apaisante de Raphael, grave et régulière.

— Dante y veillera.

Elle sentit le mouvement des pas de Dante qui la portait, mais ses yeux étaient trop brouillés pour qu'elle puisse distinguer son visage.

— Il fait si froid, marmonna-t-elle.

— Je sais, mon amour. Tiens bon. Tout ira bien. Je te le promets.

Mais elle entendit la peur dans sa voix, le désespoir. La douleur, celle-là même qu'elle avait voulu lui épargner.

— Pardonne-moi, Dante, dit-elle à la hâte, les quelques mots la laissant à bout de souffle.

— Non ! Tu restes avec moi. Tu m'entends ? cria-t-il.

— Ici, sur le canapé. Il faut que tu le fasses maintenant, dit la voix pressante de Raphael.

— Elle n'est pas au courant.
— Tu l'aimes ?
— Oui, dit Dante, d'une voix ferme et puissante.
Puis elle sentit ses lèvres qui l'embrassaient doucement.
— Je t'aime. Fais-moi confiance, je fais ça parce que je t'aime.
Puis ses lèvres dérivèrent vers son cou.

Sa peau se hérissa. Elle sentit ses dents l'effleurer, lui rappelant la nuit où il lui avait fait l'amour pour la première fois. Elle gémit doucement.

— Oui.

Lorsque ses dents percèrent sa peau, elle haleta, mais le corps puissant de Dante la retint. Elle ne lutta qu'une seconde avant de se laisser aller à la sensation. Cela lui rappelait le sexe — pendant le sexe, la pénétration initiale avait fait mal aussi, mais seulement pendant un moment. Plus tard, elle avait été agréable. C'était comme ça.

Viola n'avait jamais pensé qu'elle vivrait sa mort avec autant d'intensité, mais au lieu de simplement s'endormir, elle revivait chaque moment passé avec Dante. Comme une image en mouvement, elle la revit jusqu'à ce que tout devienne noir et silencieux. Sombre.

19

Le sang de Viola était encore sur la langue de Dante lorsqu'il se transperça le poignet avec ses crocs. Il l'avait tellement vidée de son sang que son rythme cardiaque n'était plus qu'à vingt battements par minute. Elle était inconsciente, mais toujours vivante.

Malgré le fait que son frère et Isabella se tenaient dans le salon, la maison était étrangement silencieuse. Ni l'un ni l'autre n'avait prononcé un mot depuis que Dante avait entamé le processus. Toute sa concentration était tournée vers Viola. S'il manquait le moment où son corps accepterait son sang, elle mourrait.

Son corps se crispa en attendant que les battements de son cœur ralentissent encore, et toute la scène de la ruelle se rejoua devant lui, encore et encore. Il avait vu Salvatore une fraction de seconde avant que Lorenzo ne l'alerte. Il ne s'était pas préoccupé de sa propre sécurité — il n'avait pensé qu'à mettre Viola hors de danger. Il ne s'était jamais attendu à ce qu'elle agisse si rapidement et le protège de l'assaut de Salvatore. Elle avait sacrifié sa vie pour la sienne, sans raison. L'arme de Salvatore ne l'aurait pas blessé. Seules des balles d'argent auraient pu le blesser.

Le cœur de Viola battit encore plus lentement.

Le moment était venu. Il leva son poignet et le posa contre ses lèvres closes.

— Non ! hurla Lorenzo en faisant irruption dans la pièce. Arrête, tu es en train de la tuer !

Dante se cabra et grogna.

— La balle est en argent.

Lorenzo tendit vers lui sa paume ouverte. Elle contenait une bague.

Dante était en état de choc. Il retira son poignet de la bouche de Viola. Il reconnut le symbole sur l'anneau d'onyx noir : une croix entrecoupée de trois vagues. Le symbole des Gardiens des Eaux Sacrées, le groupe de riches vénitiens dont la mission était d'éradiquer les vampires en leur sein. Une société secrète que lui et ses compagnons vampires combattaient depuis des années.

— Je l'ai trouvé sur Salvatore avant de me débarrasser de son corps.

— C'était un Gardien ? haleta Raphael.

Lorenzo acquiesça rapidement. Savoir que Salvatore avait été membre de cette société insaisissable pouvait les rapprocher de leur recherche des Gardiens restants. Plus tard, quand Viola serait hors de danger.

— Il faut retirer la balle avant de la transformer, dit Raphael.

— Ou elle mourra, se dit Dante à voix basse.

S'il laissait la balle d'argent en elle, au moment où il la transformerait en vampire, le métal mortel brûlerait sa chair de l'intérieur et la tuerait. S'il lui avait tiré dessus avec autre chose que de l'argent, son nouveau corps de vampire aurait simplement expulsé le corps étranger et se serait guéri tout seul.

Dante passa sa main sur le visage de Viola. En le protégeant de la balle de Salvatore, elle lui avait vraiment sauvé la vie. Il devait maintenant sauver la sienne, ou tout serait vain.

Il lança à son frère un regard désespéré.

— Aide-moi.

Sans hésiter, Raphael vint à ses côtés, ses doigts s'allongeant en griffes acérées. Dante secoua la tête.

— Non, tu la tiens. Je m'occupe de la balle moi-même.

Il déplaça Viola et la transféra dans les bras de Raphael, de sorte que son dos et sa plaie béante lui soient exposés. Une fois qu'elle serait une vampire, son corps se guérirait de lui-même en quelques minutes.

— Vite, ordonna Raphael.

Les doigts de Dante s'étaient déjà transformés en griffes. Il trancha les couches supérieures de sa peau et de ses muscles, suivant la trajectoire de la balle. Lorsqu'il toucha le projectile logé près d'un os, l'argent lui envoya un éclair de douleur.

Il siffla en serrant les dents et recourba sa griffe, délogeant l'argent de l'os. Avec un gémissement, il retira la balle de son corps, puis la laissa tomber sur le sol. Sa chair grésillait là où elle était entrée en contact avec le métal. Mais il ignora la douleur.

Il n'y avait plus de temps à perdre. Il ne pouvait pas la perdre.

Prenant Viola des mains de Raphael, il plaça son poignet ensanglanté sur sa bouche et la força à ouvrir les lèvres. Le sang s'écoula, remplissant sa bouche.

— Avale, Viola, l'exhorta-t-il. Avale, bon sang.

Sa bouche ne bougea pas. Son cœur se contracta. Non, il avait besoin qu'elle vive pour qu'il puisse vivre. Elle était tout ce qu'il voulait.

— S'il te plaît, murmura-t-il.

Il se pencha sur son visage et une larme solitaire s'échappa de son œil. Elle tomba sur ses lèvres et coula jusqu'au coin de sa bouche avant de suivre le chemin que son sang avait emprunté plus tôt.

— Ne me quitte pas.

Un gargouillis provenant de sa gorge le fit sursauter. Elle déglutit. Elle respira.

— Viola !

Les respirations soulagées de ses compagnons emplissaient la pièce. Mais Dante ne vit que Viola. Sa poitrine se soulevait à mesure qu'elle reprenait son souffle. Comme ses joues devenaient roses. Comment sa gorge s'efforçait d'avaler le reste de son sang.

— Viola, mon amour.

Elle ouvrit les yeux et il ne put que lui sourire.

— Dante, oh, Dante, es-tu blessé ? Tu saignes.

Viola fixa son poignet.

Il secoua la tête et rit, soulagé. Il se doutait que ses premières pensées seraient pour lui.

— Non, mon amour, je n'ai jamais été aussi bien.

Puis il la serra contre sa poitrine et la serra contre lui.

— Je t'aime, Viola, je t'aime tellement.

— Salvatore, balbutia-t-elle. Il t'a tiré dessus ?

Dante s'éloigna juste assez pour pouvoir la regarder en face.

— Tu as pris la balle. Tu m'as sauvé la vie.

Un air perplexe se dessina sur son visage.

— Mais... je ne comprends pas. Je me sens bien. En fait...

Elle marqua une pause.

— Je me sens mieux que bien. Il a dû rater son coup, même si... j'ai senti la balle me toucher.

Il l'embrassa doucement sur les lèvres.

— Tu t'es fait tirer dessus. Tu as failli mourir. J'ai retiré la balle. Mais ce n'est pas tout.

Dante regarda son frère. Comment lui dire ce qui s'était passé ? Comment lui expliquer ce qu'il était ? Ce qu'elle était aussi maintenant ?

— Dis-lui simplement, dit Raphael.

Dante déglutit difficilement.

— Me dire quoi ?

Viola fixa Dante, qui semblait peu sûr de lui pour la première fois depuis qu'elle l'avait rencontré. Il y avait quelque chose d'étrange. Alors qu'elle aurait juré avoir ressenti l'impact de la balle et la douleur qui s'en était suivie, elle se sentait mieux qu'elle ne l'avait fait depuis longtemps. Elle n'était pas fatiguée, et il n'y avait même pas un soupçon de son habituel mal de tête. Pas de palpitations, pas de douleur sourde, rien. Elle se sentait comme avant de tomber malade. Non, mieux. Elle se sentait tellement pleine d'énergie qu'elle avait envie de faire une course, juste pour le plaisir.

Tous ses sens semblaient également plus aiguisés. Sa vue était meilleure — même si elle n'était pas mauvaise auparavant, mais maintenant, elle pouvait voir les moindres détails de la robe brodée d'Isabella et même le filigrane complexe des boutons qui ornaient le gilet de Raphael. Sans parler de son odorat. Ses narines se dilatèrent tandis qu'elle pencha la tête dans la direction d'Isabella. Elle ne sentait pas du tout la même chose que les trois hommes présents dans la pièce. Elle n'avait jamais remarqué cette différence auparavant.

— Mon amour.

Le mot affectueux de Dante la sortit de ses observations.

— Cela peut sembler étrange au premier abord, mais il y a quelque chose d'important que je dois te dire.

Viola leva la main et lui prit la joue. Savoir qu'il était vivant et en bonne santé était tout ce dont elle avait besoin. Rien d'autre ne pouvait être aussi important.

Dante tourna la tête et embrassa sa paume.

— J'ai fait de toi l'une des nôtres.

Les mots de Dante n'avaient aucun sens.

— L'une d'entre vous ?

— Oui, tu es comme moi, Raphael et Lorenzo maintenant. Immortelle.

Elle laissa échapper un léger rire.

— Tu es drôle.

— Non. Je t'ai donné mon sang pour que tu puisses vivre. Viola, je suis un vampire.

À son affirmation, elle sursauta, sa main se détachant de son visage. Elle ne pouvait pas avoir bien entendu.

— Pardon, peux-tu répéter ? Je crois que j'ai mal entendu.

Dante secoua lentement la tête.

— Tu as bien entendu. Je suis un vampire. Et je t'ai transformée en vampire, sinon tu serais morte. Même si Salvatore ne t'avait pas tiré dessus. Je suis désolé, mais je n'ai pas eu le temps de m'expliquer. Je devais agir. Rapidement.

Viola écouta ses paroles. Lentement, ils s'imprégnèrent de la réalité.

— Tu étais en train de mourir. Je ne pouvais pas te laisser mourir. Je devais te transformer instantanément.

Elle essaya de comprendre les implications de ses paroles.

— Tu es un vampire ? Immortel ?

Il acquiesça.

— Et moi aussi ? Mais ma tumeur au cerveau... je mourrai quand même.

Un sourire chaleureux s'enroula des lèvres de Dante et se répandit sur l'ensemble de son visage.

L'espoir fleurit en elle.

— N'est-ce pas ?

— Non. Toute maladie que tu as eue a été éradiquée par la transformation. Tu es en bonne santé. Ta tumeur a disparu. Tu es immortelle.

Ta tumeur a disparu. C'étaient les seuls mots qu'elle avait vraiment compris. Elle vivrait. Sa vie n'était pas terminée. Elle avait une autre chance. Son cœur se remplit de joie, au point d'éclater si elle ne laissait pas libre cours à ses émotions.

Les larmes poussèrent vers l'avant et s'échappèrent.

— Oh, mon Dieu.

Le visage de Dante se tordit comme s'il souffrait.

— Je suis désolé, Viola.

Il baissa la tête et évita de la regarder.

— Pardonne-moi.

— Te pardonner ?

Il lui avait donné une nouvelle vie, le plus beau cadeau qu'elle aurait pu souhaiter. Elle n'avait jamais été aussi heureuse. Elle lui prit le menton et l'obligea à la regarder. Elle voyait le regret dans ses yeux. Il avait mal compris ses larmes.

— J'aimerais te donner une réponse à ta question maintenant.

— Ma question ?

Elle sourit et se rapprocha de lui.

— Je veux être ta femme. Pour l'éternité...

Avant même qu'elle ait terminé le dernier mot, ses lèvres étaient sur les siennes, l'embrassant à en perdre haleine. Il ne les souleva que le temps de murmurer un « oui » contre sa bouche avant de l'embrasser avec sa langue, s'enfonçant profondément à l'intérieur.

Le raclement de gorge dans la pièce lui rappela qu'ils n'étaient pas seuls. Dante rompit le baiser et tourna brièvement la tête vers les autres personnes présentes dans la pièce.

— Allez-vous-en.

Viola s'esclaffa.

— C'est impoli, Dante.

— Je m'en fiche. Je veux faire l'amour avec toi maintenant.

Raphael éclata de rire.

— La dernière fois que j'ai vérifié, tu avais une chambre à coucher, mon cher frère. Je te suggère de l'utiliser.

Il hésita une brève seconde avant de poursuivre.

— Et Dante, la salle de stockage à côté de ma chambre est désormais interdite d'accès. Va prendre ton plaisir ailleurs.

20

La porte se referma dans un bruit sourd qui résonna dans toute la maison. Dante ne se souciait pas de ce que les gens pensaient. Il n'était même pas surpris que Raphael sache qu'ils l'avaient vu faire l'amour avec Isabella. Après tout, Viola s'était montrée très loquace cette nuit-là, et Raphael avait perçu les sons grâce à son ouïe supérieure de vampire.

Mais tout cela n'avait pas d'importance.

Viola était vivante, et elle l'avait accepté tel qu'il était.

Dante coinça sa future épouse entre son corps et la porte dans son dos, la pressant contre elle.

— Ton frère est-il en colère contre nous ?

— Raphael ? Pas du tout. Je suis sûr qu'il a pris son pied, sachant que nous les avons observés, Isabella et lui.

— Mais on ne peut pas recommencer ?

Un sourire malicieux se dessina sur sa jolie bouche.

Dante pressa sa queue durcie contre le ventre de la jeune femme.

— Non. Mais je suis sûr que je peux faire en sorte qu'on ait d'autres choses à regarder si tu le souhaites.

Son cœur battit la chamade lorsqu'il vit Viola hausser un sourcil en signe d'intérêt. Sa voix essoufflée ne faisait que souligner son excitation.

— Ha oui ?

— Tout ce que tu veux, mon amour. Car ma mission est de te satisfaire.

Il voulait que ses doigts se transforment en griffes. Lentement, en s'assurant qu'elle voit ce qu'il s'apprêtait à faire, il plaça ses griffes à l'endroit où son décolleté dévoilait ses seins luxuriants.

Elle inspira, pressant la chair plus près de ses griffes acérées, mais ne s'éloigna pas.

— Que vas-tu faire ?

Ce n'était pas une question, pas la façon dont elle la posait. C'était un défi. Un défi qu'il était plus qu'heureux de relever. Plus vite que l'œil d'un humain, il trancha le devant de son corsage, le déchirant en deux.

— Tu veux dire, qu'est-ce que je *viens* de faire ? corrigea-t-il.

Viola baissa les yeux sur sa robe déchirée, puis releva la tête et le regarda, ses yeux brillants d'or. Il sentit le pouvoir en elle, le pouvoir d'un vampire, et le fait de savoir qu'elle était sienne — qu'elle serait sienne pour l'éternité — le submergea.

— Mon Dieu, tu es magnifique.

Elle leva la main. Sous ses yeux, ses doigts élégants se transformèrent en griffes. Elle effleura son cou, descendit jusqu'à l'endroit où le bouton supérieur de sa chemise était défait. Avec un sourire malicieux, elle le trancha en son milieu. Et ses griffes ne s'arrêtèrent pas là, elles s'arrêtèrent seulement pour un moment d'anticipation.

Dante grogna son approbation. Elle était à sa mesure — sans peur, audacieuse et insatiable.

Viola se faufila dans le tissu de sa culotte, évitant soigneusement la partie dure de son corps. Il aspira une bouffée d'air frais lorsque l'air frais toucha sa queue et que les doigts soudainement doux de Viola s'enroulèrent autour de lui.

— Tu es beau, murmura-t-elle de cette voix rauque qu'il avait appris à aimer, parce qu'elle lui permettait de pénétrer dans son âme, de mettre à nu ce qu'elle ressentait pour lui.

Incapable de se retenir, il lui arracha sa robe et exposa sa nudité à ses yeux affamés.

— À moi, rien qu'à moi !

La pressant plus fort contre la porte, il saisit ses cuisses avec ses mains, les écarta et les souleva. L'odeur de son excitation l'assommait maintenant, l'envahissait, il lui était impossible d'y résister.

Avec un profond gémissement, il positionna sa queue au cœur de la jeune femme et s'enfonça dans sa chaleur, la martelant contre la porte.

— Oui ! s'écria-t-elle, les bras autour de son cou, les jambes enroulées autour de ses hanches.

La luxure et le désir l'envahissaient, tout comme le fait de savoir qu'il n'avait plus à se retenir. Cela lui donna envie de battre ses reins plus fort. Viola était une vampire à présent, aussi forte que lui et aussi indestructible. Il ne pouvait pas lui faire de mal. Il pouvait enfin lui montrer tout ce qu'il ressentait : la férocité avec laquelle il l'aimait, la désirait et avait besoin d'elle.

Elle était tout pour lui.

— Demain, dit-il, tu seras ma femme.

Ses yeux cillèrent en signe d'accord.

— Mais ce soir, je ferai de toi ma compagne.

Il porta sa main à son visage et passa son doigt sur ses lèvres, les poussant à s'ouvrir davantage.

— J'ai envie de toi, dit-elle à bout de souffle.

Comme si elle savait ce qu'il voulait, elle ouvrit la bouche et montra les dents.

— Oui, l'encouragea-t-il tandis que sa queue plongeait plus fort en elle.

Ses crocs s'allongèrent sous l'effet de l'instinct. Ses iris avaient désormais une teinte dorée, tout comme les siens.

Il pencha la tête sur le côté, lui offrant son cou.

— Plus tard, je t'emmènerai chasser, dit-il, mais pour l'instant, je veux que tu boives de moi.

Dante se souviendrait toujours du moment exact où les crocs de Viola s'enfoncèrent dans sa chair pour la première fois. C'était un moment de pur bonheur et d'extase. Une célébration de l'amour et de la passion, de la luxure et du désir. Lorsqu'elle aspira son essence en elle, son orgasme éclata, le submergeant comme un raz-de-marée noyant Venise à jamais. Et avec lui vint une autre vague, aussi puissante que la sienne : l'orgasme de Viola, ses muscles se serrant autour de sa queue, le trayant, lui demandant la dernière goutte de ce qu'il avait à donner.

Et il lui donnerait tout ce qu'il possédait. Sa fortune, son corps, et surtout son cœur.

Pour l'éternité.

— Pour toujours, murmura Viola en l'embrassant de ses lèvres tachées de sang.

À PROPOS DE L'AUTEUR

De nationalité allemande, Tina Folsom vit depuis plus de 30 ans dans des pays anglophones. Elle a d'ailleurs épousé un Américain et s'est établie en Californie en 2001.

Elle a toujours été attirée par les vampires. Depuis 2008, elle a publié 50 livres en anglais et plusieurs dizaines dans d'autres langues (français, allemand, espagnol et italien). De plus, elle fait actuellement traduire l'ensemble de ses livres en français.

Tina apprécie recevoir des commentaires de ses lecteurs. Pour cela, vous pouvez lui écrire à l'adresse électronique suivante:

tina@tinawritesromance.com
https://tinawritesromance.com

 facebook.com/TinaFolsomFans
instagram.com/authortinafolsom

www.ingramcontent.com/pod-product-compliance
Lightning Source LLC
LaVergne TN
LVHW041533070526
838199LV00046B/1642